書下ろし

時代小説

冬萌え

橋廻り同心・平七郎控

藤原緋沙子

祥伝社文庫

目次

第一話　菊一輪

一

ひととき、朱《しゅ》の色に染められていた橋の上が、静かに薄墨《うすずみ》色に包まれ始めた夕まぐれ、噂《うわさ》の男は橋の東袂《たもと》から渡ってきた。

陽が落ちると川風はつとに冷たい。

橋の上は風が強く、重ね着をしていなければ余程《よほど》体を鍛《きた》えた者でも風邪をひく。

しかしその男は、一重のぺらぺらの着物を着ていた。

歩くたびに捌《さば》く着流しの着物の裾《すそ》が、両足にへばりつくようにまつわりついて、骨々しい男をいっそう貧弱に見せていた。

男は俯《うつむ》きかげんに、生気のない足取りで歩いてくる。

途方にくれた足取りだった。

「平さん、来ましたよ」

平塚秀太《ひらつかしゅうた》が飲み干した茶碗を置き、立花平七郎《たちばなへいしちろう》を促《うなが》すように立ち上がった。

「うむ」

平七郎も、その男の姿を目の中にとらえながら腰を上げた。

二人が目を注いでいるのは、隅田川《すみだ》に架かる大川橋《おおかわ》、庶民には吾妻橋《あずま》と呼ばれて親しまれている隅田川五大大橋の一つであった。

この橋は、もともとは町人たちの手によって架設された橋だったが、次第に重要な橋のひとつとなり、平七郎たち橋廻り同心も他の橋と同様その管理に目を光らせている。

昨日秀太と点検に回った時、橋際にある江戸前の蒲鉾屋《かまぼこや》『伊豆屋《いず》』の手代が、ここ数日、夕刻になると、橋の上に不審な男が現れるのだと告げてきた。

それというのも、橋袂には、

『この橋の上より船の内へつぶて一切打つべからず』

『この橋の上において昼夜に限らず、往来の輩《やから》休らうべからず。商人、物もらい等止まりおるべからず』

などという文言《もんごん》の札が立ててある。

お上は、文化《ぶんか》四年（一八〇七）に深川《ふかがわ》八幡の祭りを見物しようとした群衆が永代橋《えいたい》の上に集まり、橋が崩落、水死者千五百人余りを出したことから、以後、橋の上に長く留まることを厳しく監視してきていた。

吾妻橋も例外ではなく、厳しい文言を並べた札を橋の袂にかけ、往来の人に注意を与えているのだが、それでも時折それを無視する不届き者がいた。

橋の上で商いをしてみたり、川に向かって花火をして騒いでみたり、橋の上から川に飛び込んで溺死《できし》したりと、数え上げれば切りがない。

平七郎たちはそのたびに手を取られて迷惑甚《はなは》だしいのだが、このたびの報告は、不審な男が毎夕橋の上に現れて行ったり来たりしたあげく、橋の欄干《らんかん》から暗い水面を見詰めて佇《たたず》み、終《しま》いには、今にも川に飛び込みそうな気配だというのであった。

それで二人は、夕刻を狙《ねら》ってこの橋の袂にある掛け茶屋で、甘酒を啜《すす》りながら男の現れるのを待っていた。

なるほど、男は橋の中程までやって来ると、行ったり来たりを繰り返している。

平七郎たちがゆっくりと近づくと、男はすっと背を向けた。

北側の欄干に歩み寄り、川向こうを眺《なが》めるふりをして立ち止まった。

「おい、橋の上で何をしているのだ」

秀太が男の背に問いかけた。

「これはどうも……」

男は振り向くと、たった今役人に気づいたような顔をして頭を下げた。

三十前後の痩《や》せた男で、頬《ほお》にはいいようの知れない暗い陰を宿していた。

「何をしているのか聞いている」

「へい……」

男は、もじもじするばかりで、しかも落ち着きがない。

「答えられないのなら番屋に来てもらうぞ」

「旦那、ご勘弁下さいまし、あっしは怪しい者ではございやせん」

男はぶるっと身震いした。

橋の上は吹き曝《さら》しである。

秋も深まるに従い風は冷たい。

男の顔は細い月の光に、青白く見えた。生気のない顔色だった。

「そんな格好じゃあ風邪ひくぞ」

平七郎は、小刻みに震えている男にあきれ顔で言い、ふと掛け茶屋から持ってきた甘酒の湯のみに気づいて、

「飲め」

男の面前に突き出した。

「旦那……」

男は驚いた顔で見返したが、その目の色にはどこか思いつめたものが宿っていた。

「遠慮はいらん。少しは温《あたた》まるぞ」

「へい」

男は湯のみを受け取ると、餓鬼《がき》のように喉《のど》を鳴らして一気に飲んだ。

だがその喉は、甘酒を飲み終えると、呻《うめ》くような声を上げた。

「ありがとうございやす。あっしは岩五《いわご》と申しやすが、このご恩は一生……」

「礼など及ばん。岩五というのか」

「へい、本所《ほんじょ》の荒井《あらい》町に住む者です」

「しかしどうして、毎夕この橋の上にやって来るのだ」

「あの、人を待っているのでございやす」

「誰を……誰を待っているのだ」

「その、あっしは袋物の職人でございやして」

「袋物とは、煙草入れとか紙入れとか……」

「へい。それで、取引しているお店《たな》の者と約束がありやして」

「ふーん。しかし毎日ここで待っているというではないか。商いの話なら自分から先方に出向けばいいではないか」

「……」

「平さん、こんな男の御託を信用しては駄目ですよ」

秀太は険《けわ》しい顔を男に向けると、

「怪しい奴め。本当のことを言わねば、しょっぴくぞ」

同心風を吹かせて言った。

「秀太……まあいい」

平七郎は秀太を制し、

「岩五とやら、俺たちは別にお前を引っ張りたくて言っている訳ではない。案じているのだ、どんな事情があるのかとな」

「……」

「まさかとは思うが、身投げでもするんじゃないかと……」

「旦那……」

「それにこの寒さだ、風邪などひいてはつまらぬぞ」

「こんなつまらねえあっしに、甘酒をくださり、おまけにあたたかいお言葉を……ありがとうございやす」

岩五は、チンと洟《はな》をすると、

「申し上げやす」

苦しげな声を上げた。

「旦那、あっしは金が欲しくて女房を飯盛女にしちまったんでございやすよ」

「何……」

平七郎は驚いた声を上げたが、秀太は厳しく問いただした。

「それとこの橋と、どういう関わりがあるのだ。お前の話はよくわからん」

岩五は一瞬迷いを見せたが、胸のうちを吐き出すような声で言ったのである。

「あっしは女房を……女房を騙《だま》してここまで連れて来て、口入れの男に、この橋の上で渡してしまったんです」

「……」

「女房は端《はな》から自分が旅籠《はたご》屋の質者《しちもの》とされるのに気づいていたようでして、その時あっしにこう言ったのでございやすよ。お前さん、見送りはここでいいよ、見送られると辛《つら》いからって……」

岩五は言葉を切った。

歯を食いしばっているようだった。

平七郎は、薄闇《うすやみ》を見渡して岩五に言った。

「気の毒な話だが、この橋の上をうろうろしたところで、今更どうにもならぬ。何の解決にもならぬのではないか」

「……」

「悔《く》やむ気持ちがあるのなら、こうしている間にも身を粉《こ》にして働き、金をつくって女房を一刻も早く引き取りに行ってやることだ」

「旦那……」

「見たところ、お前は痩せてはいるが、病気持ちというのではなさそうだ。また博打《ばくち》に走り、ならず者たちとつき合っているようにも見受けられぬ。行け……帰れ……」

岩五は、平七郎に押し返されるようにして、元来た橋の東袂に下りていった。

平七郎はそれを見届けてから、秀太と西袂に引き返した。

西袂には石灯籠《どうろう》がある。その仄《ほの》かな光が、引き返してきた平七郎と秀太の足元に流れて来た。

平七郎は、ふと橋の上を振り返ったが、すでに橋は闇に覆《おお》い尽くされていて、男の姿は見えなかった。

――よりにもよって町方の旦那に……。

岩五は心の中で呟《つぶや》きながら、平七郎が見ている同じ橋の上の闇を、反対側の橋の袂から眺めていた。

自分の不甲斐《ふがい》なさに舌打ちしたい気分だった。

昨夜もその前の夜も、岩五は吾妻橋の上をうろうろした揚げ句、結局決心つきかねて引き返している。

金が欲しかった。

町方の旦那に話した通り、岩五は三月前に女房のおみわを三年奉公で、千住《せんじゅ》の旅籠に飯盛下女として売ったばかりである。

その時手にした金は五両二分、しかしその金も底をついた。

――泥棒をしてでも金をつくらねば……。

岩五は懐《ふところ》に鉤《かぎ》の手のついた縄や、頬被《かぶ》りをする手ぬぐいや、泥棒に欠かせない小道具を忍ばせて、毎夕決心を強くして家を出て来るのだが、この吾妻橋まで来ると、向こうに広がる町に踏み入る勇気がないのであった。

こんなに意気地のない者は死んでしまうしかない、そうすればどんなに楽かと思うものの、岩五の長屋で声を潜《ひそ》めて待っている客人を思えば、それも出来なかった。

その客人とは、かつて岩五が奉公していた家の主、岡村孫太夫《おかむらまごだゆう》の嫡男金之助《きんのすけ》と、金之助が吉原《よしわら》から足抜きさせた女郎綾瀬《あやせ》のことである。

金之助はこの春見聞を広めるとかで、国表の筑前《ちくぜん》から江戸に出て来ていたのだが、馴染《なじ》みとなった吉原の女郎綾瀬と切れぬ仲になり、綾瀬を男装させて嵐の日を選んで足抜きさせていたのである。

そのまま国表に立ち返るつもりだったが、綾瀬が胸を患《わずら》っていて長旅もならず、困り果てた金之助は、昔父親が江戸で勤務のおり、藩邸の外にあった役宅で、下男として働いていた岩五のところに転がり込んで来たのである。

二人には、吉原から追っ手がかかっていた。

岩五の庇護《ひご》なしでは、明日をも生きられぬ身の上になっていた。

――金之助様をお助けすることは、孫太夫様から受けた御恩をお返しすることだ……。

いったん長屋のある本所の荒井町に足を向けた岩五だったが、

――今晩やらなければ明日はない。

踵《きびす》を返すと、暗闇の中に横たわる吾妻橋を渡って行った。

橋の上で同心に会ってから四半刻（約三十分）は経っていた。

肝《きも》を潰《つぶ》すような思いで、おそるおそる橋の西袂に下り立ったが、もはやあの同心の姿は無く胸をなで下ろした。

――よし……。

岩五は、材木町《ざいもく》から駒形町《こまがた》に抜け、そこから三間町《さんげん》に入って行った。

町の横丁の道筋には、軒行灯《のきあんどん》が仄かに道を照らしている。

もとは浅草《あさくさ》の寺領だったこの辺りは、蕎麦《そば》屋や飲み屋が軒を連ねていて、店の中から客のざわめきが聞こえていた。

なにしろ泥棒は初めてのことである。

岩五はめぼしい家を探して歩くうちに、田原《たわら》町に入ってすぐ、稲荷《いなり》の側に建つ大きな屋敷が目についた。

商家の軒行灯はこの辺りには見えなかったが、空には三日月が出て、頃合の光を地上に送ってくれている。

泥棒が仕事をするのにはもってこいの光だと岩五は思った。

岩五は差し向かいの軒下の物陰から、この大きな屋敷をじっと眺めた。

稼業は袋物師で、泥棒ではないのだから、ひたすら勘が頼りである。

岩五の勘によれば、屋敷は商人の家ではなかった。人の背よりも高い板塀が屋敷をぐるりと取り巻いているようだが、屋敷の中はひっそりとして、隠居屋敷のようにも思えた。

金のありそうな予感がした。

泥棒するのに幸いだと思ったのは、この家の左側は稲荷であり、右側一軒分の屋敷地は空き地になっていたからだ。

岩五はこの空き地の枯れ草の群れの中に身を潜めた。

辺りの家の灯が消えるのを待つためである。

やがて時を知らせる鐘が夜の四ツ（午後十時）を告げると、さすがに周囲の家々の明かりが消えた。

見渡す限り、冷たく弱々しい月の明かりに照らされる、黒々とした人気《ひとけ》の消えた家屋が見えるばかりとなった。

不気味で、寂《さび》しげな風情《ふぜい》である。

岩五はぶるっと体を揺すると枯れ草の中から這《は》い出ようとした。

その時である。

薄闇の中に男が一人、音もなく現れて、懐から縄を取り出すと、ぶんっと回して板塀の向こう側にひっかけた。

ぐいと引っ張って、その丈夫さを確かめると、綱を頼りにあっという間に塀を上り、屋敷の中に飛び下りたのである。

岩五は目をぱちくりした。

男は小柄だった。

体つきは骨ばった初老の男かと思えたが、身のこなしは昨日今日身につけたものではない熟練の技だった。

——ほんものの泥棒か……。

岩五がおろおろしている間に、男は塀の上に現れると、まるで猫のように軽々と跳び、塀の外に着地した。

男は立ち上がった時、その手につかんでいた袋を揺すって重みを確かめ、すいと懐に滑り落とした。

——金だ。

岩五は夢中で草むらから這い出ると、

「す、すまねえが、その金俺にも分けてくれ」

ぬっと男の前に立った。

「誰だ」

低いが鋭い声が飛んできた。

「お、お、俺も泥棒だ。あんたに先を越された」

「ちっ」

泥棒が舌打ちしたその時、屋敷の中で白い煙が上がった。

「火事だ！」

絶叫が聞こえて来た。

「火事？」

岩五が驚いた顔を男に向けると、

「静かにしろい。案ずることはねえ、ひととおり煙が上ればそれでおさまる。それよりここではなんだ、俺の後についてこい」

男は頬被りをとりながら言う。

「へっ」

きょとんとする岩五に、

「ここにいれば二人とも捕まる、来い」

泥棒は薄闇の中で頷《うなず》いてみせた。

やはりその顔は皺《しわ》の深い初老の男で、しかしその眼光だけは異様に光っていた。

──ついていけば、殺されるかもしれねえ……。

一抹《いちまつ》の不安が過《よ》ぎったが、岩五は目の前の初老の男に自分の運命を賭《か》けた。

二

「平さん、大村《おおむら》様はまた早退されたようですね」

秀太は定橋掛《じょうばしがかり》の詰所を覗《のぞ》くと、振り返って平七郎に言った。

定橋掛の定員は、与力一騎、同心二人、合わせて三人の勤めである。

だから誰が欠けても仕事に支障が出る。

ところが上役の大村虎之助《とらのすけ》は高齢で、たびたび体の不調を訴えて早退していた。

平七郎と秀太は、通常五日に一度奉行所内のこの詰所で待っている虎之助に報告に来る。

だがこれでは無駄足ではないかと思うのだが、報告を怠《おこた》るわけにもいかぬ。

平七郎も秀太も虎之助の事情を知るだけに、苦笑して見守るしかないのであった。

奉行所内では周知のことだが、大村虎之助の嫡男はまだ十歳、虎之助は隠居する訳にはいかないのである。

老骨に鞭《むち》打って、騙《だま》し騙し勤めている虎之助の姿を見ていると、役人の悲哀さえ感じる平七郎と秀太であった。

「仕方がない、出直すか」

秀太を促《うなが》して、詰所から玄関に向かったが、

「立花……」

途中の廊下の角から、吟味方《ぎんみ》与力一色弥一郎《いっしきやいちろう》に呼び止められた。

「すまぬ、後から行く」

平七郎は秀太に言い、一色に従って吟味方の部屋に向かった。

一色は調べものをしていたらしく、机の上には昔の綴《つづり》が幾冊も積み上げてあった。

「今日から火が入った。熱い茶が欲しければ勝手に飲んでくれ」

一色は部屋の中程にある火鉢を顎《あご》で差した。

火鉢には鉄瓶がかかっていて、白い湯気を上げていた。

「橋廻りは冷えるだろう」

あろうことか一色は、慰労の言葉をかけたのである。

どういう風の吹き回しかと、平七郎は苦笑した。

一色の不手際により、平七郎はその失態を一身にかぶらされて、同心にとっては花形の定町廻りから、閑職の定橋掛に配置換えをさせられている。

一方で一色は、与力の花形である吟味役に昇進していた。

いつの世も、ずるがしこい奴が昇進する。

一色はまさにそういった人種だった。

その一色が、平七郎に労《いたわ》りの言葉など何の魂胆もないのにかけるわけがない。

「いや、結構です」

平七郎はさらりと断り、一色の次の言葉を待った。

「実はおぬしに協力してほしいことがあってな」

「なんでしょうか」

「聞いているか……三日前に浅草の田原町にある、日本橋《にほんばし》の呉服商『嵯峨屋《さが》』の隠居屋敷に盗人《ぬすっと》が入ったことを……」

「いいえ、知りません。三日前なら夕刻吾妻橋まで出向いていますが……」

怪訝《けげん》な顔で見返した。

「事件が起きたのは四ツ過ぎだ」

「なるほど……で、御用の向きは」

「実はな、その盗人だが、〝いたちの儀蔵《ぎぞう》〟じゃないかと言われている」

「いたちの儀蔵……」

「覚えがあるだろう。ひと仕事すると江戸を離れ、ほとぼりが冷めるや御府内に侵入してまた仕事をするという、あの男よ」

「いたちの儀蔵というのは確かですか」

平七郎は驚いて聞き返した。

いたちの儀蔵とは、父の代から散々町方をてこずらせている盗賊だった。盗む額もせいぜい五十両までだが、平七郎が定町廻りだった頃から、未《いま》だにつかまっていない。

金は盗むが人を傷つけたことは一切ない盗人で、だから奉行所も一定期間は追っかけるものの、捕縛が難しいとわかるや手を引いてしまう。

いたちの儀蔵の手口というのは、金を盗んだ後のめくらましに、ぼろ布を固くまるめた物に火をつけて火事を装い、家人がその騒ぎで右往左往している間に遠くに逃げるというものだった。

いたちが今までつかまらなかったのは、欲を出さず、在り金の一部だけに手をつけ、しかもすばやく雲隠れするといったやり方に終始してきたからである。

平七郎は、そのように考えていた。

父が生前の頃から名の知られた盗賊だから、大雑把《ざっぱ》に数えてみても、もう五十、いや六十歳近くになっているのではないかと思われる。

「立花、このたび嵯峨屋の隠居屋敷に盗みに入った男もな、逃げる時にぼろ布に火をつけて縁の下にほうり投げ、騒ぎに乗じて逃げたのだ」

「……」

「それに盗んだ金も三十八両……」

「間違いなく、いたちの儀蔵の仕業《しわざ》ですね」

「そうだ、間違いない。そこでだ」

「……」

「嵯峨屋では盗まれた金はともかくも、大胆にも家に侵入して年寄りの金を奪っていった盗賊だ、一刻も早く捕縛してほしいと懸賞金まで出した」

「天下の嵯峨屋が泥棒に入られては沽券《こけん》にかかわるということですか」

「まあな、金があるから出来ることだが、お奉行所に訴え出たという訳だ。そこでお奉行も見過ごすことは出来なくなった。我々与力を集めて、今度こそ必ず捕縛するようにと檄《げき》を飛ばされたのだ。お役目のいかんに拘《かかわ》らずだ。皆が目を光らせて探索に抜かりのないようにとお奉行はおおせられたのだ。むろん、橋廻りといえども例外ではない。大村殿が早退されなかったら、この一件について、橋廻りとしても注意を払うように申しつけた筈《はず》

……」

「一色様、今度の一件で、何か新しい手がかりはあるのですか」

「ある。三島門前町《みしまもんぜん》に商用で出かけていた西仲町《にしなか》の小間物屋の手代伊之助《いのすけ》が、店に戻る途中、丁度屋敷から盗人が出てきたところを見ていたのだ」

「まことですか」

「うむ。その者の話によれば、盗人は一人ではなかった、仲間がいたというんだが」

「仲間……いたちは一匹狼だった筈ですが」

「寄る年波には勝てぬと悟ったのじゃないか。伊之助の話によれば、その盗人は、もう一人の仲間と一緒に、西側に連なる寺地の路地に消えて行ったということだ」

「伊之助は、なんという小間物屋の者ですか」

「柏《かしわ》屋という」

「柏屋……」

「そこでだ。先にも申した通り、おぬしたち橋廻りにも注意を払ってもらいたい。何しろこの江戸は、どこに行くとしても、いずれかの橋を渡らなければならぬ。それ程橋は多い。お前たちはその橋の管理に携わっているのだからな」

「承知しました」

「立花……」

一色は火鉢にかざしていた掌《てのひら》を返すと、人差し指でおいでおいでをして、平七郎を呼ぶ真似をしてみせた。

「何か」

怪訝な顔を向けると、

「お手柄を立てれば、また、定町廻りに戻れるやもしれぬぞ」

一色はにやりとして言った。

「さあ、それはどうですか」

平七郎は笑い飛ばすように言った。

「何だその態度は……信用せぬのか。よし、私に手を貸してくれれば懸賞金は折半にするぞ」

やっぱり、そんなことかとあきれた顔で見返すと、

「平七郎、私はお前のことを思って言っているつもりだ。こう言ってはなんだが、お前の上役の大村殿より、よほど私の方がお前を案じているのではないかな」

「一色様の御厚情、今初めて知りました」

「またまた……」

「まっ、橋廻りとして尽力します。出世や配置換えや、賞金を欲しいからではございませ

ん。この江戸に盗賊を横行させるわけにはいかないのです。そういうことです、では……」


平七郎は、まだ何か言いたそうな一色に一礼すると、くるりと背を向けて部屋を出た。

賞金も関係ないとまで言ったのは、少し格好良すぎるかと思ったが、一色の誘いの言葉の裏にある欲深さに同調する訳にはいかなかったのである。

ともあれ、盗賊を捕縛することに異論がある訳ではない。

――いたちの儀蔵か……。

久し振りに聞いた名前だなと、かすかに記憶に残るその名前をたぐりよせながら、平七郎は奉行所を出た。

しかしなぜか、平七郎の脳裏に浮かんでくるのは、三日前の夕刻に橋の上で会った岩五という職人の、あの今にも死にそうな顔だった。

なんなく大金を盗みによって手に入れるいたちの儀蔵と、僅《わず》かな金をつくるあてもなく、女房を飯盛女として差し出した男の悲哀……いかにもその生き方には違いはある。

だがそのいずれも、のっぴきならない貧しさが巣くっているのは間違いない。

あの岩五も、いつか自棄《やけ》を起こすのではないか……いたちのようになって欲しくないと、ふと思った。

ふっ……。

平七郎は苦笑した。

——俺は橋廻りだ……。

俺が心配するのは橋だと言い聞かせて、足を速めた。

「平七郎様、これですね、父の総兵衛《そうべえ》の時代の読売ですが、いたちの儀蔵について書いています」

読売屋『一文字屋《いちもんじ》』のおこうは、長火鉢にあたって茶を喫《きっ》していた平七郎と秀太の側に、昔出版した読売の綴を持ってきて置いた。

「うむ」

「それと、盗賊を見たという小間物屋の柏屋さんの手代伊之助さんですが、いま辰吉《たつきち》に聞き取りに行ってもらっています」

「すまんな」

平七郎はその綴を引き寄せると、素早く文字を目で追った。

記事は十年前のものだった。

そこには、三年振りに現れた盗賊いたちの儀蔵が、京橋《きょうばし》の両替商『堺屋《さかい》』に入り、千両箱の中から三十両を盗んだ話が載っていた。

総兵衛の筆によれば、いたちの儀蔵は千両箱にはぎっしりと金が詰まっていたにもかかわらず、たったの三十両しか盗まなかったということで、その鮮やかなまでの潔《いさぎよ》い盗みっぷりに、人々はひそかに拍手をおくっているのだと書いてあった。

また、一連の手口の盗人が、いたちの儀蔵という者だとわかったのはつい先年で、それをつき止めたのは北町奉行所の大鷹《おおたか》と呼ばれている定町廻りの立花様だと書いてある。

――親父のことだ。

平七郎は、読売に大鷹の文字を見て胸が鳴った。

そう言えば、父の遺品の日誌をめくった時、いたちの儀蔵の話も書き留めてあったような記憶がある。

平七郎は、定町廻りから外されて定橋掛となってからは、しばらく父の日誌を覗《のぞ》いたこともなかったが、奇《く》しくも総兵衛が書き残した文字の上に父親の足跡を見て、俄《にわか》に父への懐かしさを覚えたのである。

総兵衛の記録には、大鷹と呼ばれた平七郎の父親の調べによると、いたちの儀蔵は深川の裏店育ちだとある。

儀蔵の父親は小名木《おなぎ》川を行き来する船頭をしていたが、大怪我《けが》をした後は船にも乗れなくなった。それが因《もと》で母親は家出をしており、その後父親が亡くなると儀蔵は天涯孤独となった。

父親が亡くなった時、儀蔵は十三歳、あれもこれもと職人修業をしてみたが長くは続かず、二十歳も半《なか》ばから泥棒稼業に転じたというのである。

総兵衛がいたちの儀蔵について記した頃、儀蔵の推定年齢は四十半ばとあった。

——すると……。

平七郎は、読売から目を上げた。

「五日前の盗人が、確かにいたちの儀蔵だとすると、奴は五十半ばだということになるな」

「そんな歳《とし》で盗みに入らなくてはならないなんてね」

おこうは、溜め息まじりに相槌《あいづち》を打つと、平七郎の茶碗に新しい茶を注いだ。

——おや……。

平七郎は、視野の端に見えた白いおこうの手に、以前にはない女らしさを感じていた。

おこうの手の甲は、はち切れそうなぷりんとした白い手だと思っていたが、いま目の端に映った手は、しなやかで細かった。

平七郎の知らぬ間に、おこうは女になっていく。

そう思うと、平七郎はまぶしささえ感じて来る。

「何かわたくしの顔についているのかしら」

おこうが、いたずらっぽい笑みを送ってきた。

「いやなに……なんでもない」

平七郎は言葉を呑《の》み込んだ。

「変な人……」

きゅっとおこうが睨《にら》んだ時、

「えらいことになりやしたぜ、旦那」

小間物屋の伊之助に聞き取りに行っていた辰吉が、興奮した顔で帰って来た。

「何かわかったのか」

「へい。いたちの儀蔵の片割れが捕まったそうですぜ」

「何……そいつはどこに隠れていたのだ。名は……」

「旦那、せっつかないで下さいまし。捕まったのは袋物師の岩五という男だそうです」

「岩五だと……まさか、本所に住む岩五ではあるまいな」

「旦那、岩五をご存じで……」

「そうか、あの岩五が……ご存じというほどではないが、その話、間違いないな」

「あっしは伊之助から聞いてきたんですぜ。片割れが袋物師の岩五だと立ち寄った岡っ引に教えたのは伊之助ですからね。間違いありやせん」

「しかしあの男が……」

平七郎は、刀をつかんで立ち上がった。

三

本所荒井町の岩五の裏店を平七郎が訪れた時、すでに辺りは夕闇に包まれ始めていた。風も強かった。

襟元から差し込む冷気が、もはや秋の終りを告げていた。

「岩五の家はどれだ」

平七郎は井戸端で大根を洗っている長屋の女房に聞いた。

すでに洗った大根が三十本ばかり、女房の側に積まれていた。漬物用の大根のようだった。

女房は大根に負けないほどの逞《たくま》しい両足を踏ん張って平七郎を見迎えると、

「旦那は加役のお役人さんですか」

警戒するような顔で聞いてきた。

加役とは火付盗賊改《あらため》のことで、人々は短く加役と言っていた。

「いや、御覧の通り、町奉行所の者だ」

すると女房は、ほっとした表情を見せ、

「岩さんの家ね、この奥、ほら、一番奥のあの家ですよ」

内緒話を告げ口するように言った。

だがすぐに、また怪しむような顔を向けると、

「旦那、本当に、旦那は火付盗賊改じゃありませんよね」

今度は正式の役名で念を押した。

これは辰吉も勘違いしていたのだが、岩五は奉行所の役人に捕まったのではなくて、火付盗賊改の与力久野重兵衛《くのじゅうべえ》に捕まって、その身柄は火付盗賊改の頭、土居《どい》図書頭《ずしょのかみ》の屋敷に連れていかれたということだった。

町方に捕まったのならともかく、火付盗賊改に捕まったら、無実であっても必ず有罪になる。

加役は白状させるまで厳しい拷問にかけるからである。

奉行所の場合、拷問するのは最後の手段である。

しかも拷問を行おうとする時には、許可書を貰《もら》った上で、御徒目付《おかちめつけ》、御小人《おこびと》目付の陪席の上、牢医師も立ち会って行われる。

ところが火付盗賊改の頭の邸宅で行われる拷問は勝手次第、余人の知るところではないだけに、捕まえた者への拷問は熾烈《しれつ》を極めるという噂であった。

岩五が、本当にいたちの儀蔵の仲間であったかどうかは別にして、捕まった以上、有罪はもう決まったものと覚悟しなければならない。

平七郎は、岩五が火付盗賊改に捕まったと聞いた時、ともかく、岩五に何があったのか、それをつかみたくて、この荒井町の長屋にやってきたのであった。

「俺は町奉行所の者だ。安心して見たままを話してくれ」

長屋の女に頷いてみせた。

「怖《こわ》かったよ、そりゃあ……俺は泥棒なんてやってないって叫ぶ岩さんをさ、引きずるようにして連れて行ったんだから。ほんと恐ろしくて」

「いつだね、役人が来たのは」

「今朝ですよ、寝起きを踏み込まれたんですよ、かわいそうに……でもそれもこれも居《い》候《そうろう》のせいですからね」

「居候……誰か一緒に住んでいるのか」

「ええ、旦那、旦那ちょいと……ここではなんですから」

女は井戸端のすぐ後ろの家に、平七郎をひっぱりこんだ。

「だれでえ……」

酒焼けした顔の男が、ほの暗い部屋の中から顔を出したが、

「しっ……ったく、もう酔っ払っちまってる」

女は怖い顔をして、その男をちらりと睨むと、

「相すみません、うちの宿ろくです」

平七郎に苦笑してみせ、もう一度亭主を振り向いて、

「このお方は、町方の旦那だから……岩さんのこと、この長屋の誰かが話してやらなくちゃ、かわいそうでしょ」

四の五の言わせない口調で亭主に言い、平七郎に向き直った。

そして今度は、声は小さいが怒りを込めた声音で言った。

「旦那、半年前から岩さんのところにはお武家の居候がいるんですよ」

「お武家の……」

「ええ、それも昼間はずっと家の中に引き籠もっていますからね、誰だか名前は存じませんが、岩さんから聞いたところでは、昔世話になったお人の息子さんだっていうんですが

ね」

「……」

「それだけならまだしも、もう一人女が転がり込んで来たんですよ」

「何」

「それもね、普通の女じゃない、遊び女、お女郎ですよ。ちらと見てすぐにわかりました」

「ふーむ、岩五の奴、それで金が無かったのか」

「旦那、岩さんのことをよくご存じなんですね。そうですよ、岩さん、暮らしの金に困ってさ、おかみさんのおみわさんまで、どこかへやっちまったんだから」

「やはりな、そういう事情だったのか」

「岩さんはさ、おみわさんを飯盛の下女働きに出したって言ってるけど、確かにああいうところの証文は奉公となってるらしいけどさ、これは身売りだからね」

「うむ」

「女房にそんな哀しい思いをさせて、人のいいのもいい加減にしなって、何度も注意をしてやったんだ。だけど、居候を追い出すに追い出せなくなったって言うのよね。そしてとうとう泥棒にまでされちまってさ。きっと、金策のためにどこかをうろうろしていて、それで怪しまれていたんじゃないかと思うんだけどね、あたしは」

「うむ」

「旦那、この世に、仏様がいるというのなら、神様がいるというのなら、どうぞ、旦那の力で岩さんの無実、晴らしてやってもらえないでしょうかね」

「おかみ、言っておくが俺は町方だ。真実盗みをした者を助ける訳にはいかぬ。罪は罪だ」

「わかってますよ、それぐらいは……あたしはね、虫も殺せないような岩さんが、盗みをする筈ないって言っているんですよ。本当に盗人なら、そりゃあ仕方ないさ。だけども火付盗賊改のお役人に捕まったら最後だって言うだろ。だからせめて真実はどうなのか、それを調べて欲しいなって」

「わかっている。そのつもりだ」

少々押しつけがましい女房の言い分は鼻についたが、平七郎は頷いた。

その時である。

突然その耳を襲ってきたのは、岩五の家の、障子の戸を激しく開ける音だった。

「待って」

と叫ぶ女の声に、

「息がつまるんだ、すぐに戻る」

声の主《ぬし》は叱《しか》るように言い、乱暴に表戸を閉めた。

長屋の女房は嫌な顔をして平七郎に頷いてみせた。

「旦那……」

平七郎が女房に促されて、戸の隙間から表を覗くと、背の高い男が女房の家の前を、通り抜けるところだった。

平七郎が見たのは武家の横顔だけだったが、彫りの深い端整《たんせい》な顔立ちをしているものの、どことなく世を投げ出したような暗い陰りがあった。

「岩さんのところの居候ですよ、あの人……居候の癖に、岩さんにお金の無心ばかりして、夜になるとああやって飲みに行くんですよ。嫌な奴」

と女房は言った。

やがてすすり泣きが聞こえてきた。

平七郎は表に出た。だが、岩五の長屋の前の路地の闇で、しばらく女の様子を窺《うかが》っていた。

やがて、女のすすり泣く声は切れた。

平七郎はそれを確かめた上で、岩五の家におとないを入れた。

「綾瀬と申します」

女は伏せっていたのか布団の上に座していて、乱れた髪をそっと掌でなでつけると、土間に立った平七郎に頭を下げた。

平七郎は土間に足を踏み入れた時、北町奉行所の者だと名乗っている。

「お掛け下さいませ」

綾瀬は言った。

綾瀬はうりざね顔の、色の白い女だった。

だが、細い灯心一つの光に照らされた血の気のない女の顔は、まるでこの世の者とも思えないような風情であった。

「病《や》んでいるのだな」

平七郎は上がり框《かまち》に腰を下ろすと、静かな声で綾瀬という女に聞いた。

「はい。胸を少し」

「そうか、それで岩五に世話になっておったのか」

「はい……」

「ふむ。先程出かけて行った武家も岩五が世話をしているのだな」

平七郎はなにげなくさらりと聞いた。

「え……」

綾瀬は息を呑んだ。

顔を青くして、押し黙ってしまった。

平七郎は話の矛先を変えた。

「岩五が捕まったというではないか。それも火付盗賊改役に捕まったと聞いた。町方として放ってはおけぬ。岩五が本当に、盗賊いたちの儀蔵と仲間だったのかどうか……岩五に不審な素振りはなかったのかどうか……あんたの知っている範囲でいい、教えてくれないか」

平七郎は、俯いている綾瀬の顔をちらりと見て言った。

「立花様……」

綾瀬は、思案していた顔を上げると、敷き布団の下に手を差し入れて、薄汚れた巾着を取り出した。

そしてそれを、平七郎のかたわらに押し出してきたのである。

「これは?」

怪訝な顔で見返す平七郎に、

「岩五さんから預かっていたものです」

「はい。誰にも見せてはいけない、誰にも話してはいけない。そう言われていたのですが……」

「岩五から……」

「これは、金だな」

平七郎は取り上げてその重みを確かめると、今度は袋の口を開いて、中に手を入れた。

小判が十枚ほど入っていた。

「この金はどうしたのだ」

思いつめた顔で見詰めている綾瀬に聞いた。

「わかりません。でももし、岩五さんが盗人と関係あるというのなら、このお金でしょう。でもまだ、一文も使ってはおりません。そっくりこれをお返しすれば、岩五さんは助かるのではないかと……」

「この金、いつ預かったのだ」

「三日ほど前です。訳は聞いてくれるなと、強い口調で言われました。私、訳を聞かなくても、岩五さんがどんなに大変な思いをして私たちを匿《かくま》って下さっているのか良くわかっていましたから、そう言われると、何も言えなくて……」

「だって、岩五さんのおかみさん、おみわさんがこの家から出て行ったのも、私たちのせいなんですもの……おみわさんは、私たちの厚かましさに愛想をつかして出て行ってしまったんです」

「それはどうかな、そんな風に言われたんじゃあ、おみわというかみさんが気の毒だ。言わずにおこうと思ったが、俺が岩五から聞いた話では、暮らしの金に困り、女房を飯盛女に出したのだと言っていたぞ」

「……」

「まさか……じゃあ三か月前に手に入れたという五両のお金は……」

「おそらくな……」

「あの時岩五さんは、袋物の取引で特別に入った金だと、そう言って……」

「まさか女房を売った金だとは、言えなかったんじゃないか」

「ああ……おみわさん、岩五さん」

綾瀬は袂で目頭を押さえていたが、やがて決心したような顔を上げた。

「旦那、お力をお貸し下さいまし。なんとかして、岩五さんとおみわさんをお助けしたいと存じます」

きっぱりと言ったのである。

四

「平さん、ここですよ。この旅籠でおみわは飯盛女として働いています」

秀太は、旅籠『上総屋《かずさや》』の店先に平七郎を案内すると、その軒先を目顔で差した。

上総屋は南千住の熊野《くまの》神社近くにある大きな旅籠だった。

平七郎が岩五の長屋を訪ねた翌日のことである。

綾瀬から聞いた話では、三か月前におみわがいなくなった時、おかみさんはどこに行ったのか綾瀬が岩五に尋ねたところ、岩五がぽつりと、おみわは千住の実家に帰ってしまったなどと言っていたらしい。

そこで平七郎はおみわの奉公先を千住に絞って聞き込みをしていたのだ。

品川や千住の飯盛女は、近隣の村や御府内の女が多いと聞いていたからである。

北千住を平七郎が、南千住を秀太が今朝から回っていたが、平七郎の目のつけ所が良かったのか、おみわの奉公先が見つかったのだ。

「主に話はつけてあります」

秀太は先にたって店に入った。

したのである。

平七郎と秀太は、宿の女将が用意してくれた二階の小部屋で、岩五の女房おみわと対面
「岩五の女房、おみわだな」

おみわは、平七郎の問いかけにしっかりと頷いた。

切れ長の目をした美しい女だった。

飯盛女になって三か月である。

化粧や衣装の着つけに退廃的な雰囲気が窺えないわけではなかったが、しかしまだ、お
みわは袋物師の女房だという気概を捨ててはいないようだった。

きりりとした目で、平七郎たちを見返してきた。

「岩さんに何かあったのでしょうか」

「うむ。聞かせたくない話だが、盗人の仲間として、火付盗賊改役に捕まった」

「岩さんが、盗人……」

おみわの目に、驚きが走った。

「馬鹿な人、お人好しにもほどがあります」

おみわは哀しそうに呟いた。

「おみわ、岩五はな、いたちの儀蔵という盗人と仲間だというのだが、心当たりはあるか

ね」

「いいえ」

おみわは首を横に振って否定した。

「あの人は、馬鹿がつくほど真面目な人です。盗人だとかなんだとか、そんなこととは無縁の人です」

「しかし、女房のお前をここに売ったではないか」

「ですから、盗人のできる人なら最初から私をこんなところに置かないと思いますよ

……」

おみわは、ふっと寂しげに笑った。

「何の力もないくせに、あの人の頭の中には、忠義はお武家だけのものじゃない、俺たち町人だって忠も義もあるなんて、それしかないんです……今度のことだって、始まりはそこなんです」

おみわは、大きな溜め息を一つつくと、ここに至る岩五とのことを話したのであった。

それによると、岩五は袋物師になる以前のこと、筑前国秋月《あきづき》藩五万石の御用掛だった岡村孫太夫の家に下男として奉公したことがあった。

岡村孫太夫は、長年この江戸で諸般の御用、つまり特に買い物役としてつとめていた。

家禄は三百五十石、藩邸は芝三田《しばみた》にあったが、孫太夫は藩が借り受けた町の借家に住んでいた。

借家は藩邸の近くの南新門町《みなみしんもん》一丁目にあったという。

その家には、孫太夫の妻と金之助という一人息子も一緒に住んでいた。

岩五は、その岡村家の下男として五年間つとめあげたのであった。

しかし今から三年前、岡村孫太夫は国元に家族とともに帰ることとなった。

江戸でのつとめから、国元のつとめとなったのである。

その背景には、孫太夫の健康のことがあった。

老齢にさしかかった孫太夫が、江戸での任務を他の人に譲ったのである。

当然、妻も子も引き連れて国に帰るのだから、嫡男で一人息子の金之助も、その時一緒に国表に帰っている。

岩五は、そこで暇《ひま》を出されたのであった。

岩五は筑前行きを望んだのだが、主の孫太夫が首を縦に振らなかった。筑前が江戸からあまりにも遠い地だったからである。

それに、孫太夫は、岩五に言い交わした女子《おなご》がいることも知っていた。

「近頃は武士でさえ忠孝をないがしろにする世の中である。それを、武士でもない雑用係りの町人のお前が、あっぱれな志、有り難いが連れて行くことは出来ぬ。お前は若い、この江戸にとどまれば、この先どのような良い機会に恵まれるやもしれぬのだ」

孫太夫はそう言うと、岩五に手厚い手当てを渡して、国表に帰って行ったのだった。

「ところが半年前のことでした。その孫太夫さんのご子息が、突然長屋に訪ねてきました。金之助様とおっしゃるお方です。その時の金之助様の話では、江戸で勉強したいと言って参られたのだということでした。ところがお父上様から持たされていたお金が無くなった。しばらくここにおいてくれということでした」

岩五は喜んでその話を引き受けた。

昔受けた恩を返すのだと言い、金之助の世話をした。

ところが金之助は、勉強どころか吉原に通っていて、お金もそれがために無くなり、岩五とおみわはこの時はじめて、金之助が父親の孫太夫にも勘当されていることを知ったのである。

「お父上様の勘当を解くのが先だと、やんわりと申し上げたこともあったのですが、下男の分際で説教するのかと聞き入れて頂けませんでした」

おみわは、大きな溜め息をついた。

「とんでもない人間だ。そんな男を世話をする必要はない」

側で聞いていた秀太が怒った。

「その吉原での相方が、あの綾瀬なのだな」

平七郎は、悄然《しょうぜん》として口をつぐんだおみわに聞いた。

おみわは、力なく頷いた。

「そうか……」

「でもう、ここまできましたら、私たちの手にはおえません」

「当然だ。お前たちがあの男の荷をしょいこむことはなかったのだ」

「ええ……そういう事情ですから、岩さん、いよいよ困って、泥棒しようと思ったのかも知れません。私、ここまで話してきて、そう思いました。だって、病持ちのお客人をずっと抱えて、袋物を作るぐらいでは、暮らしはなりたちませんから……」

「……」

「旦那、私たち夫婦はもうおしまいですね」

おみわは、切ない声で言った。

「恨んではいないのか。お前をこんなところにやった亭主を……」

「岩さんの気持ち、わかっていますから……あの時、吾妻橋まで見送ってくれた岩さんの気持ち……旦那、あの吾妻橋は、私たち一緒になるまで何度もあの橋の上で会い、また、何度も次の約束をして別れた場所でした。あの橋、そういう橋でした。ですからここに来る時に、岩さんがあの橋まで送ってくれた時も、二人は胸の中で、またもとの暮らしが出来る日が必ず来る。そう誓いあいました。もちろん口には出しませんでしたが、岩さんが別れ際に、私の手をぎゅっと握ってくれたこと、忘れません」

「うむ……」

「それなのに、盗人までしてしまったら……」

おみわは寂しそうに俯いた。

平七郎は、慌てて言った。

「そんなことがあるものか。岩五が本当に盗みをしていないのなら、きっとまたお前と一緒に暮らせる日がくる。そうだろう」

「旦那……」

顔を上げたおみわの目は、濡れていた。

ここで絶望させては、この先おみわは、救いようもない転落の道に入る。

平七郎は咄嗟《とっさ》にそう思った。

「おみわ、無茶するんじゃないぞ。岩五が本当にやってないというのなら、きっとお前のもとに戻って来る筈、俺たちも出来るだけの尽力はする」

平七郎は言った。

言いながら、岡村金之助とかいうあの男に、言いようの知れない怒りが湧《わ》いていた。

「岩五、まったくお前は馬鹿な奴だな」

平七郎は、牢同心に当番所の土間に引き据えられた岩五を見て驚いた。

当番所というのは、小伝馬《こでんま》町の牢内にある詰所のことである。

牢同心に引きずられるようにして連れてこられた岩五の体には、全身拷問で痛めつけられた傷や痣《あざ》がまだ生々しく残っていた。

特に人の目に留まる腕や顔は、紫色に腫《は》れ上がっている。

目は腫れ、唇は切れ、まるで両国《りょうごく》に出ている見せ物の幽霊のような有様だった。

「旦那……旦那……」

岩五は人形のように土間に頽《くずお》れたまま、平七郎の声を探り当てるように呟いた。

「お前が、あの吾妻橋の上でうろうろしていたのは、橋の西袂に下りて盗みを働くためだったんだな」

平七郎は厳しい声で岩五に聞いた。

「旦那……」

「橋にまつわる女房への思いもあったのだろうが、盗みを働く決心がつかず、お前はそれでうろうろしていたのだ」

「……」

「あの時、お前が言ったことは半分は本当だった。だが、半分は大嘘をついていたことになる……まんまと騙されたというわけだ」

平七郎は叱《しか》りつけるように言いながら、そんなことをしてまで昔の恩にこたえようとした岩五の心が切なかった。

叱りつけながら、平七郎は岩五を抱き上げた。

「旦那……旦那」

岩五は、しがみついて来た。

「すまねえ旦那、馬鹿なあっしに会いにきて下すって……誰にも会えずに死ぬのかと……だけども旦那に会えて……」

岩五の、紫に腫れ上がった双眸からは涙があふれ出た。

「おちつけ岩五、しっかりするんだ」

平七郎は、岩五の体も心もしっかりと支えるように、その腕に力を入れた。

久し振りに岩五に会った場所が、小伝馬町の当番所だったとは――。

岩五は、やってもいない盗みを自分がやったのだと加役に白状したことで、火付盗賊改土居図書頭の屋敷から、この小伝馬町の牢屋に移されたばかりだった。

さすがに煙が上がっただけの、小さなボヤについてまで岩五がやったと認めさせることは出来なかったようで、岩五は火あぶりの刑だけは免《まぬか》れたようである。

しかし岩五は、まもなく死罪の刑を受けることになっている。

加役の連中にしてみれば、頭の土居図書頭の屋敷には牢屋もあるが、手狭な上に、白状させた囚人まで留め置く余裕はないということらしい。

ただ、通常なら、そんな囚人を小伝馬町に送られてきたとはいえ、町方の同心が特別に問いただすことは当然出来ない。

だが平七郎は、一色弥一郎の権限を利用したのである。

与力ならば、吟味のために牢屋敷を訪ね、囚人を取り調べることができる。

一色にかわって平七郎がひそかに別件で問いただすということで、しかもその場所は牢内の詮索所ではなく、牢同心たちが詰めている当番所に岩五を連れてこさせたのである。

「岩五、おみわにもな、会ってきたぞ」

平七郎は、慰《なぐさ》めるように呼びかけた。

「ありがてえ。旦那、恩にきます」

「お前の無実を信じてな、頑張ると言っておった。また必ず、あの吾妻橋の上で再会できる日を待っていると……」

「旦那……」

「今からでも間に合う。無実が証明されれば無罪放免だ。そうなったら一刻も早く女房を請け出してやることだ」

「今からでも助かるんでございやしょうか」

「むろんだ」

「旦那、お助け下さいまし。お願い致します」

岩五は必死の表情で訴えてきた。

平七郎は頷くと、いくつか質問するが、嘘偽りのない返事をするようにと言った。

岩五は大きく頷いた。

その目の色に、俄に強い光が蘇《よみがえ》っていた。

「岩五、今一度聞くが、お前は盗みはしていないのだな」

「へい」

「嘘ではないな」

「へい、本当のことです。確かにあっしは、あの時追い詰められておりやして、どこかの家に押し込むつもりで田原町のあの場所まで行きやした。あの屋敷には頃合を見て入るつもりでした。ところが先客がいたんです。その先客が金を盗んで出てきたところで、あっしは、盗んだ金を分けて貰えねえものかと頼みまして……」

「それが綾瀬に渡していたあの金だな」

「へい。泥棒のとっつぁんは、盗んだ金の中から十両を、あっしにくれたのでございやす」

「いま、泥棒のことをとっつぁんと言ったな。泥棒の年齢、姓名、住まい、人相……見たこと聞いたことを話してみろ」

「知りません。何にも聞いてはおりません。ただ、年齢は、六十前後の、年寄りでした」

岩五は遠くを見るような目をして言った。

その脳裏には、蕎麦屋の屋台の灯を後ろにして、並んで蕎麦をすすっている岩五と泥棒の姿があった。

泥棒は頬被りをとっていて、初老の顔をむき出しにして、勢い良く蕎麦をすすっていた。

その頬に、孤独の陰が宿っているのを、岩五はちらりと横目で見ていた。

泥棒は一気に蕎麦をすすり、掛け汁まで飲み干すと、岩五が蕎麦をすすり終えるのを待

って、

「おめえ、先程の話では、恩ある人の子を匿《かくま》っていて、それで金がいるのだと言ったな」

小さいが、押し殺した声で言った。

「へい」

「女房まで売ったが、もう手立てがないと……」

「へい」

「馬鹿な奴だな、おめえは……しょうがねえ、当面いくらいるんだい」

「十両……いや、五両でもいい」

岩五は、泥棒の顔を窺うようにして言った。

「よし、わかった。おめえの言うことを信用して金は分けてやる」

「すまねえな、とっつぁん、本当にすまねえ」

「とは言ってもよ」

泥棒は、後ろの屋台の灯にちらりと警戒の視線を投げ、顔を戻すと、

「俺もごらんの通りの歳だ。今夜の仕事で足を洗いたいと思ってるんだ。おふくろの墓参りをしたら江戸を離れる。もう二度と戻ってはこねえ。俺もそういう事情だからよ、全部おめえに渡してやりてえが、それは出来ねえんだ」

「へい。すまねえことです」

「今晩の稼ぎは三十八両、おめえには、十両やる」

「ありがとうございやす」

「ただし、一つだけ約束してくれ」

「わかってます。返済はいつかかならず、約束しやす」

「馬鹿、そんなことじゃねえ。この先、けっして泥棒しようだなどと思わねえ。けっしてしねえ。それを誓うか」

「誓いやす」

「もう一つ、十両渡してやるから、まっ先にかみさんを請け出してこい」

「とっつぁん」

岩五は泣きそうな声を出した。

その岩五の手に、初老の泥棒は十両の金を握らせた。

「おめえとの関わりはこの場限りだ、別れたら関係はいっさいねえ、いいな」

泥棒はそう言い置くと、あっという間に闇の中に消えたのである。

岩五はそこまで話すと、

「そういうことです、旦那……嘘偽りはございやせん」

「岩五、その話、加役の屋敷で説明したのか」

「いえ、こちらの話など聞いてはくれません。最初から盗人の張本人だと決めつけられておりましたから、ひとことも、何も言えませんでした」

「その体の傷をみれば、罪を認めると言ってしまったのもわからなくもないが、だがな岩五、今からでも遅くない、加役の屋敷で吐露した話は偽りだった、自分は盗みはしていないのだと、はっきり言うんだ」

平七郎を見返した岩五の目に、かすかな光が宿っていた。

「おみわのためだぞ。他の誰のためでもない、お前のために体まで売ったおみわのために、必ず無実を勝ち取ることだ」

平七郎は岩五に何度も念を押すと、小伝馬町の牢屋敷を後にした。

五

翌日、本所の岩五の長屋を秀太と訪ねた平七郎は、部屋の中で呆然《ぼうぜん》として座す岡村金之助を見て聞いた。

「何をしておるのだ」

端整な顔立ちの持ち主だが、白くて板のように凍りついた頬に、短気で神経質そうな金之助の性格が見てとれた。

金之助のまわりには鍋釜をはじめ布団なども荷造りされていて、部屋の中はあらかた片づいてはいるのだが、病で伏せっていた筈の綾瀬の姿が見えなかった。

金之助は、ぎろりとした目を向けてきたが、

「綾瀬はどうした」

平七郎が、奥を覗くようにして声をかけると、

「綾瀬……おぬしが綾瀬に余計な話を吹き込んだ町方だな」

金之助の顔が突然怒りで赤く染まった。

今にもつかみかからんばかりの形相をして立ち上がると、上がり框にやって来て、突っ立ったまま、つかんでいた紙切れを平七郎の面前に突き出した。

「綾瀬は吉原に帰っていった。せっかく足抜きさせてやったのに、綾瀬は痛めつけられるのを覚悟で帰ったんだ。お前のせいだぞ、これを見ろ」

金之助は喚《わめ》いた。

おもちゃをもぎ取られた子供のように、感情をむき出しにした声音だった。

「ふむ……」

平七郎は金之助から、その紙切れを受け取って読んだ。

綾瀬は流麗な、かなの文字でしたためていた。

何も知らずに金之助様のお誘いを受け足抜きしてこの長屋に参りましたが、岩五さんご夫婦のご苦労を知るにつけ、心を痛めておりました。

おみわさんが飯盛下女になったこと、また、岩五さんが盗みをしなくてはならなくなったことも全て、私たちがお世話をおかけしたからです。

これ以上、ご迷惑をおかけすることはできません。

私は吉原に帰ります。

綾瀬はそうしめくくり、最後に、金之助に対して、心を新たにしてお父上様の勘当を解《と》いていただき、是非にも岩五さんの心根に応《こた》えられるお武家様となられますよう願っていますと綾瀬は、切々と綴っていた。

「綾瀬の言う通りだな」

平七郎は紙切れをそこに置くと、

「俺もひとこと、おぬしに伝えたくて参ったのだが、いいかな岡村殿とやら、これ以上岩五を苦しめないでもらいたいのだ」

「苦しめる……異なことを申されるものよ。言っておくが、岩五は俺の世話をするのが嬉しかったんだ。あいつは、昔の主に忠孝を尽くすのが生き甲斐だったのだ。尽くすために苦しむことが幸せだったのだ」

金之助はにやりとして言った。

それは、傲慢《ごうまん》でうぬぼれた聞くに耐えない物言いだった。


「金之助殿」

怒気を含んだ張り詰めた声がした。

秀太だった。

秀太は、上がり框に飛び上がって金之助の襟をぐいとつかんで引き寄せると、その頰を思い切り張り倒した。

金之助は尻もちをついた。

「何をする！」

「何をするだと。お前は岩五の心を利用してダニのようにここに住み、岩五夫婦の全てを奪った。俺が岩五にかわって罰を加える。文句があるか」

「おっ、お前はそれでも町方の役人か、俺は町人ではない。武士だぞ」

「武士なら恥を知れ。それも知らぬというのならお前は武士ではない。虫けらだ」

「うるさい。言わせておけば……」

金之助は、目の前に迫る秀太の気迫を払いのけるように立ち上がった。

そしてすっと刀の柄に手をやった。

「待て」

平七郎が、ゆっくりと中に入った。

「岡村殿、俺たちのいうことを聞くほうが身のためだぞ。おぬしのことは、ここに来る前に芝三田の秋月藩に通報してある。旅費を失い昔の奉公人の家に身を寄せているが、藩士の子息として国表に送り返してやって欲しいとな」

「出過ぎたことを」

「ほう、気に食わないのなら、こういうのもあるぞ。吉原の女郎を足抜きさせ、昔の奉公人を恫喝《どうかつ》して居座り、それがためにその奉公人に盗人までさせた張本人だと……なんならそのように藩邸に報告しようか」

「おのれ、おのれ」

「本当のことを報告すれば、間違いなくおぬしの家は改易だな。むろんおぬしは切腹、父御は、さあどうなるか……それでもよいのか」

「まっ、待て」

さすがの金之助も青くなった。

「江戸町奉行所役人として伝える。この家の物は塵《ちり》一つも持ち出すことはならぬ。身ひとつで、即刻立ち去れ」

平七郎は、がっくりと肩を落とした金之助に厳しい口調できっぱりと告げたのである。

「読売だ。一文字屋の読売だ」

辰吉が派手な色目の着物に三尺帯を締め、見習いの男に読売の束を持たせて、両国の橋の袂で口上を述べている。

「どちらさんも、読売買っていきな。一部が五文だ。その五文が惜《お》しくてどうしようかと考えているそこのご隠居、こっちの小町の娘さん。あっしの話を聞いてからで結構ですぜ。その後で買ってくんな、さあいらっしゃい」

威勢よく、竹の棒で手にある読売を、パパンパンパンと叩いてみせる。

おこうの差配で始まった、火付盗賊改の処分に疑問を投げかける読売の販売だった。

記事にはこのたびの、いたちの儀蔵の盗人話が書かれているのだが、その記事の本筋は、いたちの儀蔵に分け前を貰った忠義な男の話だった。

「聞いてくれ、ここに出てくる忠義の男は、本家本元武士にも勝る忠義の者で、昔奉公していた主家の倅《せがれ》を命を張って匿《かくま》っていた。ところが明日の暮らしにも困るようになったこの忠義の男は、女房を売った。だがその金も底をついて途方にくれていたある晩のこと、とある屋敷から出てきた泥棒と鉢合わせ……」

辰吉は、また、パンパンパパンと叩いて見せて、

「それでいくばくかの金を、その泥棒に分けて貰った。ところが、これを見ていた者がいた。忠義の男は捕縛されたが、この相手がよろしくなかった。忠義の男は町方ではなく加役に捕まったのだ。さあ、話が聞きたきゃ寄ってきな」

辰吉は、くいっと見栄を切った。

「よう、読売屋、一文字屋！」

集まった人々の中から声がかかったりして、さしずめ辰吉の周囲は芝居小屋の観衆のようである。

辰吉はさらに続ける。

「加役に捕まったらどうなるか……泣く子も黙るなんとかよ、罪でなくても罪になる。ああ……この忠義の者は、とうとう死罪にまでなっちまったぜ。さあどうする」

パパンパンパン
「詳しいことが知りたきゃ、この読売を買っとくれ。一文字屋の読売だぜ。本日発売、この両国ばかりじゃねえ、日本橋に京橋はおろか、町の繁華な場所でいっせいの売り出し

だ。罪のない者が死罪になる。みんな、こんなこと、許していていいのかい。この忠義者だけじゃねえ。明日はおまえさんたちの家族が、同じ目に遭うかもしれねえんだぞ。さあ、一文字屋の読売、買った買った……」

辰吉の口上の調子が上がるたびに、まわりの人々は増え、

「俺にも売ってくれ」

「私にもおくれ」

と、読売は瞬く間に売れて行く。

「平七郎様」

近くの掛け茶屋の中で、おこうがしてやったりの顔をして、平七郎を振り向いた。

おこうは、拷問から逃れたいために罪を背負ってしまった岩五を助けたいと、読売で火盗改に立ち向かおうとしたのであった。

そのために、このたびの読売の販売には、一時雇いも入れて総勢三十人近く、それが一斉に、御府内の要所要所で、読売を売り出したのである。

おこうと一緒に茶を喫《きっ》しながら、辰吉の読売風景を見ていた平七郎も、瞬く間に群衆が読売に群がっていく有様を目《ま》の当たりにして、興奮した面持ちで、おこうに頷いていた。

だがその時、着流しの武家数人と、十手を持ったならず者のような男たちが、

「退《ど》け、退け退け」

群衆を分けて、乱暴に入って行くのが見えた。

「辰吉」

おこうが、表にすっとんで行く。

「いかんな」

平七郎も腰を上げて表に出た。

すでに辰吉の周りの人の群れは蹴《け》散らされて、遠巻きに様子を見ている。

武家は人々の目を気にしたのか、興奮した顔で威圧的に辰吉に言い放った。

「火付盗賊改土居図書頭様配下の者だ。一文字屋と言ったな。これ以上加役を愚弄《ぐろう》するような読売を売るというのなら、このまま捨てておくことは出来ぬ。縄をかけられてもよいというのなら、好きにするがいいぞ」

言いながら、じりっと仲間に目配せして、辰吉たちを取り囲んだ。

「お待ち下さいませ」

下駄の音も軽やかに、おこうが口上を述べた加役の前に立った。

「誰だ、お前は」

「この読売を出している、一文字屋のおこうでございますよ」

おこうは敢然として武家の面前に立った。

人々の垣根から拍手がわいた。

おこうは辺りをゆったりと見渡して、人々の支援を一身に受けたように頷くと、改めて目の前の役人に向かって言った。

「こんなところまで出向いてきたところを拝見すると、お武家様、お武家様は加役のお方でございますね」

「そうだ」

「せっかくのお出ましでございますが、どうぞこのままお引取り下さいませ」

「お前たちも、読売を引き上げるんだな」

「お役人様、真実は一つでございます。ここに書いてあることは、私どもが入念に調べたこと、偽りではございません。もしもこれが偽りだとおっしゃるのなら、偽りだという証拠を出して下さいませ」

「何……」

「それとも、私たちの面前でもう一度吟味をやりなおして下さいますか。拷問無しで……それでも、あの忠義の男が同じように罪を認めるのかどうか……」

「そんな茶番が出来る訳がないではないか」

「そうでしょうか。このことは、加役様にとっても、けっして損はないと存じますが……」

「駄目だ駄目だ、何という世迷《よま》い言を……おい、皆、この読売どもに縄を打て」

加役は十手を振って合図をするが、その顔が次の瞬間、驚きのあまり硬直した。

加役は思わず呟いた。

「立花……平七郎……」

その視線の先に、ゆっくりと平七郎が歩み寄って来た。

「ほう、誰かと思ったら、加役の与力、久野重兵衛殿ではござらんか……そして？」

平七郎は首を回して辺りを見渡すと、もう一人の着流しの男に目を留めた。

「そうだ。おぬしは、加役の同心で堀江《ほりえ》殿。お久し振りでござる」

平七郎は悠然と言い、辰吉を庇《かば》って立った。

加役と呼ばれている目の前の火付盗賊改の久野や堀江とは、平七郎が定町廻りの時代に犯人捕縛に鎬《しのぎ》を削った間柄である。

幕臣の中でも武官として胸を張る加役であったが、当時は常に平七郎に手柄をさらわれ、臍《ほぞ》を噛《か》んでいた二人であった。

それだけに、平七郎への恐れや警戒は、今でも体に焼きついているらしい。

だが、そんな気持ちを押し返すように、久野は言った。

「おぬし、確か橋廻りだと聞いておったが、このような場所になぜしゃしゃり出る」

「こんどの盗みは、いたちの儀蔵。そう確信したお奉行が下知を下されたのだ。橋廻りかどうかは関係なく、捕縛に尽力せよとな。そういうことだ」

「……」

「いいかな久野殿、忠義の男はいたちの儀蔵ではない。おぬしもそれは見当がついているのではないか。忠義の男はただ、金を泥棒に無心した、それだけだ。盗人はやってはいない。しかもその金だが、われらが手にそっくりそのまま戻ってきておる」

「何……」

「それも聞いてはいないようだな」

平七郎は苦笑した。

「火盗改らしいことよの。しかし罪もない者に罪を負わせ死なせてしまっては、これは人殺しではないか。今のうちに土居図書頭様に申し上げて、吟味のやりなおしをしたほうが火盗改のおためと存ずる」

「立花……」

「それも出来ないというのなら、こちらには秘中の秘、その策をもって加役殿を訴えますくぞ」

「く、くそ」

久野は怒りに任せて、刀の柄に手を添えた。

群衆のざわめきが、一瞬にしてシンとなった。

「馬鹿な真似はよせ。こんなところで刀を抜いたら後には引けぬぞ。土居様にも傷がつ

言いながら、鬼のような迫力で詰めて行く。

「ひ、引け」

久野は叫んだ。

去っていく加役の者たちを見送った平七郎に、どこからともなく拍手がわいた。

同時に、辰吉とその助手の手元に群衆が押し寄せる。

押し合いながら人々が手にしている読売を見て、

「平七郎様……」

おこうは、ほっと胸をなでおろしたようだった。

六

深川小名木川沿いに海辺大工町があるが、高橋《たかばし》からそう遠くない場所に『浄念寺《じようねんじ》』という小さな寺がある。

本堂は別にして百坪ほどしかないこの墓地は、小さな墓碑で埋め尽くされている。一角には無縁仏の墓碑もあり、みるからにこの寺は、いかにも庶民的な、この辺りに住む貧しい人たちの寺だということがよくわかる。

寺の和尚は年の頃六、七十かと思われるが、漁師上がりのような頑健な体軀《たいく》をしていて、坊主頭に黒染めを着、袈裟《けさ》もかけ、数珠も手に巻きつけているものの、どう見ても生ぐさ坊主、余程栄養のよい物を食しているのか、てかてかとした顔をしていた。

その和尚に、昨日夕刻平七郎は会っていた。

平七郎は、本堂の縁にかかったきざはしに腰を下ろし、その時の様子を、追想していた。

平七郎は小伝馬町の牢屋にいる岩五から、十両恵んでくれた盗人は、おふくろの墓参りをしたら江戸を離れると言っていたと聞いていた。もしもその盗人がいたちの儀蔵だとすれば、生まれは深川、幼い頃は小名木川で船頭をする父親と暮らしており、儀蔵の父母の墓があるのは、おそらく深川のどこかの寺だと平七郎は思ったのである。

深川の寺を当たれば、儀蔵に会えるかもしれない。

いたちの儀蔵を捕まえれば、岩五の命は即刻救われるのである。もはやそれしか、岩五を救う道はないといえた。

先日おこうは読売で、大々的に岩五の苦境を訴えてくれたものの、一番肝心な盗人の周辺にからむ通報は、何もなかったのである。

そこで、こちらから儀蔵の過去を丹念に洗うことにより、儀蔵の居場所をつき止めようと平七郎は考えたのだ。

昨日一日、平七郎が秀太と二人で深川の寺を回ったのは、そういうことだったのだ。

そして、ようやくつき止めたのが、いま平七郎がいる浄念寺だった。

この墓地には、小名木川船頭茂吉と彫られた小さな墓石があり、その墓石の背面には、墓を建てたのは倅《せがれ》の儀蔵とあった。

しかも、茂吉の隣には、これは青みがかった楕円形の簡素な岩石の墓が突き立ててあり、それには茂吉の妻おかつとあった。

平七郎はその墓石を見た時、意外な気がしたのである。

おこうの父親、総兵衛の書き残した記録によれば、いたちの儀蔵の母親は、儀蔵が幼い頃に家出し、儀蔵は以来父親と二人暮らしだったと記されていた筈だ。

平七郎は、おやと思った。

ひょっとして、この寺に関わりのある儀蔵と、いたちの儀蔵は別人かもしれない、そんな疑いを持ったのである。

そこで平七郎は、住職に面会を求めたのであった。

「この寺に葬られている茂吉一家について話を聞きたいのだが」

平七郎が名を名乗って申し入れた。

すると和尚は、

「ほう……立花様と申されますのか」

平七郎の顔をまじまじと見て、

「もう随分になるが、同じ立花様と申される北町奉行所の同心のお方の訪問を受けたことがござるよ」

と言うではないか。

「北町奉行所に立花という名字は私だけです。すると、父がこちらに……」

平七郎が感慨深く答えると、

「やはり、そなたはご子息でござったか。いや、面差しがよく似ておる」

和尚は目を細めた。

だがすぐに、

「さて、この私にどんな御用でございますかな」

やんわりと聞いてきた。

「和尚、実はこの墓地に、船頭の茂吉が葬られているが、あの隣に葬られているおかつという女房は、昔家出したことがある人のことか」

和尚は、平七郎の問いかけに、ほんのしばらく言葉を探していたが、

「確かそんな噂もありましたが、今から七年ほど前でござった。丁度今頃の季節に、浜松《はままつ》の旅籠からこの寺に早飛脚が参りましてな。長年奉公していた老婆が亡くなったが、その老婆はおかつという女で亭主は茂吉、倅は儀蔵、在所は深川だと言い残した。もしやそちらにまだ身内がいるのではないかと問い合わせて参ったのじゃ」

「ほう……しかし儀蔵はこの深川に住んではいない、そうですな」

「それが、虫の知らせというのでござろうか、丁度旅先からこの深川に帰ってきておりましてな、この寺に逗留《とうりゅう》しておった」

「この寺に……」

「さよう……儀蔵は父親の供養のために必ず年に一度は墓に参っている感心な男じゃ」

「……」

「それですぐに儀蔵に伝えてやったのだ。儀蔵はその時すでに五十、老年になっておりましたが、ずっと母親を恋しく思っていたのでしょうな、飛んで迎えに行きました」

「……」

「母親を恨んでいた頃もあったのでしょうが、歳月がいっさいの憎しみを流したのでしょうな。戻ってきた時には位牌《いはい》を抱えておりました。それであぁして、親父さんの隣に葬ってやったのじゃ」

和尚はしみじみと言った。

「和尚、その儀蔵だが、いたちの儀蔵という盗賊ではないかという噂があってな、それで訪ねて参ったのだが、和尚の知っている儀蔵について話してはくれぬか」

「そういえば、そなたのお父上にも、同じようなことを尋ねられましたな」

和尚は苦笑して言い、

「しかし、ひとつ申しておくことがある」

和尚は、平七郎を静かに見返した。

その目の色には、神仏に仕える者が持つ独特の、権力をも恐れない気概が宿っているように見受けられた。

平七郎が、黙って頷くと、和尚は視線を庭に立つ銀杏《いちょう》に移して、

「儀蔵が、盗賊のいたちの儀蔵かどうか、この近辺では、そんなことはどうでもよい話じゃ。儀蔵をこの辺りで悪くいう者はおりませんぞ。儀蔵はこの辺りの貧しい者たちのいざという時のために、お救い金として多額の金を町内に寄付しておる。それにこの寺の、あの無縁仏の墓もそうじゃ。いきどころのない仏に心を痛めて儀蔵が寄進したものじゃ。そういう人間ですぞ儀蔵は」

「……」

「儀蔵の目線は常に昔暮らしたこの深川の貧しいが慎《つつ》ましやかな人たちにあるようじゃ。何か褒美《ほうび》をほしくてこの町に寄進する訳ではない。この土地を愛しているからこそその行いじゃ。立花様、そんな人間に悪い者がおりましょうか」

「……」

「そなたのお父上もそのことを知られてから、ここには以後一度も参りませんなんだ」

「和尚、今度ばかりは、人ひとりの命がかかっているのだ。和尚にも証言してもらわねばならん」

「……」

「儀蔵はここに来る。そうですな」

平七郎は畳みかけた。

和尚は大きな溜め息をついた後、

「儀蔵はきっとわしの袈裟で守ってみせる」

和尚はそう言うと、庫裏の中に消えて行ったのである。

あの時の和尚の後ろ姿は忘れられぬ。

しかしどうあれ町方は、犯罪人を捕縛し、町の治安を守るのが務めである。

しかし、時には人情の入る余地もない苦しい立場に立たされるが、それは致し方ない、罪は罪だと言っていたあの父が、儀蔵を目こぼししていたとは……。

思いがけない父の一面を知るはめになったと、平七郎は和尚の背中を見送った。だが、

――しかし、今度はそうはいかぬ。岩五という男の命がかかっている。

平七郎は、ここまできて、その考えを変えることは出来なかった。

再びこの寺を訪ねれば、和尚と対決せざるをえない事になるだろう。

そんな危惧《きぐ》を抱いてやってきたのだが、奇《く》しくも和尚は、今日は朝から突然葬儀が入ったようで、慌ただしく外出して行ったのである。

そこで平七郎は、浄念寺の門や庭が見渡せる、この本堂のきざはしにいるのであった。

しかし、秋の日の暮れるのは早い。

先程から境内の銀杏の木が、その長い影を、平七郎が居るすぐ側まで伸ばしてきていた。

風が吹くたびに、黄色く色づいた葉が、一葉、また一葉と、はがれるように風に散る。

――ひょっとしてもう儀蔵は、現れぬのではないか……。

平七郎が微かに不安を覚え始めたその時、寺の門を潜《くぐ》ってきた初老の男が見えた。

手に一本の白い菊の花を握っていた。

男は墓参りに来たのである。

――儀蔵だ。

平七郎は、はやる心をぐっと押さえて、その男の姿を追った。

男は本堂には立ち寄らずに、まっすぐ墓地に向かった。

平七郎も静かに立ち上がった。

墓石の陰から、その墓の前にいるであろう男の姿を探した。

――いた。

やはり男は儀蔵だったのだ。

今朝早くに、平七郎も儀蔵の両親の墓に参っていた。

儀蔵もいま、茂吉とおかつの墓に線香を立て、菊一輪をたむけていた。

白い菊の花びらが、差し込む光に反射して、一層白く、純なる輝きを見せていた。

儀蔵は、長い間墓に手を合わせていた。

その横顔には、こもごもの思いが過ぎっているようだった。

平七郎は、儀蔵の姿を確かめた後、いったん引き戻って、墓地に続く小道の側で儀蔵を待った。

儀蔵の両親の眠る墓前で、問い詰めるのは酷《こく》だと思った。

そう思ったのは、白い菊の輝きと、背を丸めて亡き両親に一介の子供として参る年老いた儀蔵の健気《けなげ》さを見たからだった。

平七郎の両親も草葉の陰にいる。

亡くなった親を慕う子の気持ちは、みな同じの筈だった。

——来たな……。

まもなく、乾いた土を踏む足音がして、儀蔵が現れた。

「旦那……」

儀蔵は、同心平七郎の顔を見て、驚いたようだった。

「とっつぁん、少し話をしてもいいかね」

「あっしに何をおっしゃりたいんで」

「いやなに、世間話だ」

平七郎は儀蔵を促すようにして、境内の片隅にある石の腰掛けに座らせた。

「俺は北町の橋廻りで立花という。実は十日ほど前に浅草で押し込みがあったのだが、どうやらその盗みは、いたちの儀蔵ではないかと考えられる。今までなら儀蔵の盗みは、奉行所も見過ごしてきた。ところが今度はそうはいかなくなったのだ」

平七郎はそこで言葉を切って、儀蔵を見た。

儀蔵は横顔を見せて、じっと聞いている。

「実はな、そのあと一人の忠義者が火盗改に捕まったのだ。そして拷問の末に、あの盗みは自分がやったと白状した。奴は死罪と決まってしまった」

平七郎は、ゆっくりとしゃべりながら、側でじっと聞いている儀蔵の顔をもう一度窺った。

儀蔵は、それを察したのか、

「旦那……」

平七郎の話を遮るように、低い声を上げた。

「ひとつお聞きしてえのですが、旦那ですかい、あっしの両親の墓に参って下すったのは」

窺うような目をして言った。

「いやね、線香の燃え滓《かす》があったものですからね」

「俺も両親を亡くしている」

「そうですかい、旦那のご両親も……」

「うむ。人の情はみな同じだ、そうは思わぬか」

「……」

「それだけに、岩五という男が哀れでならぬ」

「……」

「そしていたちの儀蔵もだ……」

「旦那……」

「とっつぁん、すまぬがいたちの儀蔵に伝えてもらえぬか。岩五を助けてやってくれないかと……」

「……」

「話はそれだけだ」

平七郎は立ち上がると、

「風が出てきたな……とっつぁん、風邪、ひくな」

平七郎は、儀蔵を置いて踏み出した。

門をくぐってふと振り返ると、風に舞う枯れ葉の中を、儀蔵がゆっくり近づいて来るのが見えた。

「旦那、お供しやす」

儀蔵は静かに言い、神妙な顔で頷いた。

「立花の旦那、旦那にはお礼の言葉もありやせん」

あの岩五が、請け出したおみわと肩を並べて、吾妻橋の橋袂で、橋下の掃除を指揮していた平七郎と秀太に挨拶に来たのは、秋の終りの夕刻だった。

「本当になんとお礼を申し上げていいかわかりません」

おみわの顔はやつれてはいたが、輝くような目をして言った。

「今度女房を売ったりしたら、容赦なく牢屋にぶちこむぞ。覚えておけ岩五」

秀太が言った。

「へい。二度といたしやせん。いたちのとっつぁんに貰った命、大切に致しやす」

「うむ」

「それと立花様、とっつぁんが石川島の人足寄場から帰ってきた時には、きっとあっしに知らせて頂けないでしょうか」

岩五が言うと、その後をおみわが続けた。

「儀蔵さんは私たちの父親も同然です。石川島から出てきた時には、一緒に暮らしたいと考えています」

「そうか、さぞとっつぁんも喜ぶだろうよ」

平七郎は、二人の申し出が、あの一輪の白い菊のように輝いて見えた。

儀蔵が奉行所に自訴してきたことで、例の押し込みの事件は一気に解決したのである。

岩五が儀蔵から貰っていた金は、即刻嵯峨屋に返金されたし、儀蔵も一部を使ったあと手元に残していた二十五両の金を嵯峨屋に返金したことから、儀蔵の罪は類のない軽いものとなったのである。

しかしそうなったのは、平七郎の熱い思いと、榊原《さかきばら》奉行の温情があったことはいうまでもない。

押し込みに入られた嵯峨屋の隠居も、平七郎が岩五の忠義や儀蔵の徳を切々と訴えたことでいたく感心し、罪の軽減を奉行所に申し入れてくれた。

しかも、おみわ請け出しの金も出してくれたのである。

江戸は広いが人情の町でもある。

平七郎は、しみじみと感慨にふけりながら、手を取り合うようにして吾妻橋を渡っていく、岩五とおみわの、幸せそうな姿を見送った。

「平さん、あの金之助ですが、どうしているのですかね」

秀太が言った。

「うむ。国に帰されたと聞いている。今頃は海を渡っているんじゃないか」

「まったく……世話のやける奴だった」

秀太は老練な同心のように舌打ちして見せた。

第二話　白い朝

一

「これまでだな」

平七郎は、対峙《たいじ》している上村左馬助《かみむらさまのすけ》に言った。

左馬助は肩で息をしている。激しい息遣いだった。

平七郎はそれを見届けて、正眼《せいがん》に構えていた竹刀《しない》をおさめようとした。

「いや、まだだ」

左馬助の声が飛んできた。

左馬助は平七郎を見据えたままで、ぐいと手首を絞るように竹刀をつかみ直した。

下段の構えから、すーっと右上段の構えに変えた。

その額《ひたい》には、先程平七郎が打った竹刀の傷が、うっすらとひと筋血の道を作っている。

膨れ上がっていて、今にも破れて額が赤く染まりそうである。

先程は平七郎も加減して打った。だが打ち合いに熱中すれば、加減どころではなくなる。

——何をこの男は血迷っているのだ。

平七郎は、落ち着きのない左馬助の顔を睨《にら》んだ。

その脳裏に、今朝のこと、師の異状を案じて平七郎のもとに駆けつけてきた秀太の言葉が蘇《よみがえ》った。

「平さん、師匠の様子がおかしいのです。稽古《けいこ》に立ち寄っても、勝手に素振りをして帰れなどと申されて。そうそう、酒の臭いをさせましてね、どうかしてしまったんでしょうか」

秀太は、非番で朝寝坊を楽しんでいた平七郎の役宅にやってきて、神妙な顔つきで、庭から平七郎の居間に上がり込むと、枕元でそう言ったのである。

「何事かと思ったら、左馬助がおかしい……ほっておけ」

平七郎は、ふとんの中にもぐりこんだが、がばと起き上がって、

「左馬助がどう、おかしいのだ」

秀太に聞いた。

左馬助は平七郎の剣術仲間で、千葉《ちば》道場時代には共に研鑽《けんさん》した間柄である。

また、平七郎がいまいる久松《ひさまつ》町の左馬助の道場も、平七郎の協力なくしては最初から立ち行かなかったに違いないのだ。

つまりこの道場は、当初弟子は町人ばかりで、なまくら道場と思われていた。

箔《はく》をつけるためにも、何とか武家の子弟を欲しいのだと相談された平七郎は、お玉《たま》ケ池《いけ》の玄武館《げんぶかん》にも足を運んで、弟子の一人も譲ってもらえないかと頼み、自身も秀太を送り込んで、剣術道場の体裁《ていさい》を整えるために助力している。

一方、左馬助も事件探索に手を貸してくれることもあった。

どこかにいい加減さを持ち合わせているとはいえ、平七郎にとっては無二の親友である。放っては置けなかった。

そこで秀太に同道して道場にやってきたのだが、左馬助は玄関で平七郎の顔を見るなり、

「待っていたぞ。立ち合え」

いきなり無愛想な顔をつくって、平七郎に竹刀をよこしてきた。

秀太の言う通り、左馬助はやはり酒の臭いをさせていた。

平七郎は仕方なく竹刀を握って左馬助の後に従い道場に入ったが、片足を踏み込んだ途端、左馬助はくるりと向き直って、奇声を上げて飛びかかってきたのである。

二合、三合、見守るのは秀太ばかり、稽古場は緊張に包まれた。

——何があった。

平七郎が不審な目で左馬助の顔を見返した時、左馬助が上段から飛びかかってきた。

平七郎は腰を落として、この一撃を受け止めた。

次の瞬間、激しい打ち合いが始まった。

平七郎と左馬助の体が、二度三度交差したが、僅《わず》かに一足の早さで平七郎がすり抜けた時、その竹刀は左馬助の腹を強く打っていた。

手に確かな衝撃を覚えて振り向くと、左馬助が腹を押さえて蹲《うずくま》っていた。

「左馬助……」

平七郎は駆け寄って、左馬助を抱き上げようとした。

すると左馬助が、その腕を払って言った。

「おぬし、姑息《こそく》な真似はするな」

その目には憎悪にも似た険しい光が宿っている。

「なんのことだ」

「妙《たえ》殿をどこに匿《かくま》っておる。いや、どこに隠しているのだ」

「妙殿……なんの話だ」

平七郎は、きつねにつままれたような顔をして、左馬助を見た。

妙とは、以前に平七郎が関わった事件の当事者で、解決はみたが行く当てを失ってしまった武家の娘で、それ以後左馬助の道場に住み込んでいる。

道場には以前から飯炊き女のおとよがいたが、このおとよをよく助けて、妙はくるくると働いていた。

気性の激しい娘だが、反面もろさもあり、情も厚かった。

その妙に、左馬助が密かに想いを寄せているらしいことは、なんとなく平七郎は感じていた。

――いずれ左馬助は妙を妻にすると言い出すかもしれんな。

そんな思いで二人を見ていたのに、妙を平七郎が匿っているとか隠しているとか、いったい何の話かと左馬助を見返した。

「お前が俺から妙殿を引き離したのではないか」

「馬鹿な、どうして俺がそんなことをする必要がある」

「ふん。自分の胸に聞いてみろ」

「訳のわからぬことを言う」

「妙殿に歯の浮くような言葉を並べたのではないか」

「俺が……」

平七郎はつい笑った。

身に覚えはないし、第一妙に左馬助が抱くような感情を平七郎は持ったことはない。

「先生、平さんがそんな人ではないことは、先生が一番よくご存じではありませぬか」

秀太が見兼ねて側に来て言った。

「秀太、お前はまだ、この男の真の心を知らぬのだ。俺が知っている限り、気にしないふりして女の気を誘うのだ」

「馬鹿なことを言うな」

「先生、私が知る限り、平さんはそんな人ではありません。私は毎日平さんと一緒に行動しているからよく知ってます。それに、平さんの周りに、妙殿のたの字も見たことも聞いたこともありません」

秀太の言葉に、さすがの左馬助も口を噤《つぐ》んだ。

ばつの悪そうな顔を、あっちに向けている。

平七郎があきれ果てて、おい、ちゃんと話せと促すと、

「まったく、お前らしくもないな。何があったのだ」

「平七郎……」

左馬助は情けない声を上げ、平七郎を見返した。

だがその時、どたどたと廊下を走る音がして、おとよが顔を出した。

「平七郎様、表で騒動が起きています。お役人様が中に入っていただければおさまりま

す。お願いします」

平七郎は左馬助を置いて秀太と道場の外に飛び出した。

通りを西に向かうと浜町《はまちょう》堀に出るのだが、道場を出てまもない路上に人だかりが出来ていて、そこから騒ぎの様子が聞こえてきた。

「平さん……」

秀太が先にたって野次馬の中に入った。

つづけて平七郎も人垣の中に入ると、

「いまさら、泣き落としをしても駄目ですね。山路屋《やまじや》さん、約束とはそういうものでございますよ。あんたも商人なら、そんなことは百も承知の筈」

聞いたことのある声が、冷然と相手に言い放っていた。

質両替商の高田屋治兵衛《たかだやじへえ》だった。

「そこをなんとか、もう一度だけ私を信じていただけませんか。あと十日……」

相手は治兵衛と同じ年頃の商人で山路屋というらしい。

突っ立って見下ろす治兵衛の羽織の裾《すそ》に、今にもとり縋《すが》らんばかりに膝《ひざ》をついて見上げている。

山路屋には恥も外聞もないように見受けられたし、高田屋には今まさに溺《おぼ》れようとしている者を見殺しにするような冷徹なものがあった。

「今日一文の返済も出来ぬ人が、十日先に何百両ものお金が出来るとは思われませんな。無駄なあがきは止《や》めることです」

「おのれ、人間の顔の皮をかぶった鬼……」

山路屋は立ち上がった。

「ふん、勝手なことを……金を貸りる時には、私を仏だとかなんだとか言っておきながら、今度は鬼ですか。店がにっちもさっちもいかなくなったのは全て山路屋さん、あんたのせいですよ。そこを忘れてもらってはこまります。人を責めるより自分のふがいなさを嘆《なげ》くことです」

「高田屋……」

山路屋がゆらりと立ち上がった時、

「山路屋さん、今日のうちにこちらの番頭と若い衆がうかがいますから……」

高田屋はちらりと側の番頭に視線を流すと、

「ですから、家具調度にいたるまで勝手に処分しないようにして下さいよ。くれぐれも心得違いなさいませんように、よろしいですね」

山路屋に念を押して踏み出した。

「許さん」

山路屋が高田屋につかみかかった。

「待ちなさい」

平七郎は山路屋の腕をつかんで、

「高田屋、俺が証人だ。後十日、待ってやったらどうだ」

「これは立花様、お久し振りでございます」

「相変わらずだな、高田屋」

「恐れ入ります。しかしこちらの山路屋さんには、私は三度も堪忍《かんにん》してきております」

「おおよその見当はついている。お前の言い分はわからないわけではないが、どうだ、ここは俺の顔を立ててくれ」

「立花様」

「そうしろ高田屋」

平七郎は、じっと見詰めた。

高田屋とは定町廻りの時からの知り合いである。

「わかりました。立花様がそうまでおっしゃるのなら仕方がありません」

高田屋は渋々頷《うなず》き、

「これが最後ですよ、山路屋さん」

鋭い視線を山路屋に投げた。

「いやはや、思いがけないお人にお会いしたものでございます」

高田屋は、平七郎と秀太を小伝馬《こでんま》町の店の奥座敷に誘い入れて、苦い顔をした。

だがその口調にも目の色にも、かつての知り合いの同心と再会した懐かしさで溢《あふ》れていた。

高田屋の奥座敷の前庭には、先代が丹精をこめた前栽《せんざい》が施されている。

手入れも行き届いていて、瓢箪《ひょうたん》に掘った池の縁に垂れ下がるようにして立っている縮《ちぢ》れの紅葉も、以前とかわりなく火の色に染まっていた。

「高田屋、お前にとっては不満だったに違いないが、しかしあのまま山路屋を追い詰めれば、あの男、ただではすまさんぞ」

「はい。それはわかっておりましたが、山路屋さんだけ特別扱いする訳にはまいりません」

「示しがつかぬというのだな」

「さようでございます。山路屋さんのようなお人は、ごまんとおります。しかし、その一つ一つに耳を傾けて同情していたら、商いは成り立ちません」

「ふむ」

「しかも、山路屋さんの場合、あれでなかなか、こっちの方が大好きでして」

高田屋は壺《つぼ》をふる真似をした。

「純然たる商いで、ああなったのではございません。いえね、最初は十両二十両だったのですが、そのうち五十両百両単位で借りに来るようになりました。その時、山路屋はつぶれる、そう思いましたね。それで家屋敷を担保にとってあったのですが……」

「しかし一見、あのような大道でのやりとりを見ていると、お前のほうが阿漕《あこぎ》にうつるぞ」

「全くでございます。こんなに真面目な、商いに熱心な者はおりませんのに、割の悪いことでございます」

高田屋はくすくす笑った。

高田屋の言う通り、高田屋治兵衛はやくざ紛《まが》いの男ではない。

親の代で築き上げた高田屋の店と暖簾《のれん》を守るために、平七郎が知っている限りでも、危ない商いをしたり、強欲に走り、金に物を言わせて吉原《よしわら》で豪勢な遊びをやるような人間ではない。

ただひたすらまめまめしく働いてきた男だった。

ただ、高田屋は金を扱う商人である。人の目には冷徹非道な人物に見られていた。

「まっ、怪我でもさせられたら馬鹿馬鹿しいからな」

「はい……倅《せがれ》が大人になるまでは、死ぬわけには参りませんから」

治兵衛は目を細めた。

だがその表情の奥には、哀しげな陰が宿っている。

治兵衛にはまだ三歳になるかならぬかの男子がいるが、実は長男がいた。名を吉之助といったが、はやり病で亡くしていた。

元気に育っていれば、もう十三、四歳になっている筈だった。

その吉之助ですら治兵衛が三十過ぎての子であったから、今いる男子は四十を過ぎてから生まれた子で、治兵衛にとっては孫のような子であった。

治兵衛はしみじみ言った。

「吉之助がいたらという思いが、年を追うごとに深まります。せんないことですが……ですから商いも次男が成人するまでには不動のものにしておいてやらねばと思うのでございます」

先行きを考えてか、治兵衛の表情は険しかった。

だがその目が、突然優《やさ》しい目になった。

治兵衛は裏木戸から庭に回ってきた少年の姿をとらえていた。

少年は籠《かご》を振り分けに担いでいて、その中には浅草紙《あさくさ》の箱が入っているのが見える。

浅草紙とは再生の紙で品質が悪かったが、鼻紙や落とし紙に使われていて、奉公人を抱えているお店では特に重宝していた。

「旦那様、本日もありがとうございました」

少年は礼儀正しく頭を下げた。

「太一《たいち》か、今日の商いはうまくいったのか」

治兵衛の声は、平七郎が聞いたこともないような優しい声になっている。

「はい。あと八箱売れば売り切れです」

太一と呼ばれた少年は、ちらと籠の中を見て言った。

「番頭さん！」

治兵衛はすぐに、大声を出して番頭を呼びつけた。

「何か……」

廊下に膝を落とした番頭に、

「籠に残っている八箱を買ってあげなさい」

「はい」

「太一、全部で幾らになるかね」

治兵衛は楽しむように聞いた。

「はい。一箱に百枚入っていまして一箱十六文ですから、全部で百二十八文頂きます」

「感心感心、お前は本当に算勘《さんかん》に長《た》けている」

「ありがとうございます」

太一は嬉しそうににこりと笑った。

治兵衛はもう一度番頭に顔を向けると、

「そうだ、駿河《するが》屋の羊羹《ようかん》が残っていたら、太一に持たせてやるようにお峰《みね》に言っておくれ」

小声で言った。

「承知致しました」

番頭が引き上げて行くと、

「姉さんは元気か」

また優しい声になって太一に聞いた。

「はい」

「そうか。いつものことだが、くじけずに頑張るんだよ」

「はい」

「そうそう。お前は初めてだろうが、こちらのお方は北町の立花平七郎様と平塚秀太様だ。ご挨拶《あいさつ》おし」

「はい。太一といいます」

太一はぺこりと頭を下げた。

「じゃあね、私は今日は、こちらの旦那方とお話がありますから、紙代を番頭さんから貰ったらおかえり」

治兵衛は、ひと言ひと言懇《ねんご》ろに太一に言葉をかけると、店の方に回らせた。

つい半刻前まで「鬼！」などと衆人の前で罵倒《ばとう》されていた治兵衛とは、天と地ほどの違いがある表情だった。

治兵衛は太一が庭から消えるのを待って、

「立花様、あの子は誰かに似ていると思われませんか」

笑みを浮かべて聞いてきた。

「そうか……どこかで見たような感じがしていたが、死んだ吉之助によく似ている」

「はい。実はあの子とこうしてつき合うようになりましたのは、昨年の暮れでしたか、弁《べん》慶《けい》橋の袂でぼやがございまして、立花様はご存じでございますね」

「ああ。覚えている」

「その時からのつき合いでございます」

「ほう……」

平七郎は、ちらりと秀太に視線を流した。

あの折は、秀太が出張《でば》って活躍してくれたからである。

黙って皆の会話を聞いていた秀太が言った。

「あの時は、岩井《いわい》町の町家が二軒ほど灰になりました。今はその跡地に土蔵が建っています」

「はい。あれはうちの土蔵です」

「こちらの……」

秀太は驚いて治兵衛を見た。

それもその筈で、その土蔵は白いしっくいで塗った美しい土蔵で、行く人の目を楽しませてくれていたからである。

「あの土地は、さるお方の借金のカタに頂いたものでしたが、ぼやに遭い土蔵を建てまし

た。今はうちの質ダネの一部を入れてありますが、あの太一姉弟《きようだい》の住まいにもなってい

ます」

と言う。

よくよく聞いてみると、太一と十八歳になる姉のお愛《あい》は、弁慶橋袂の松枝《まつえだ》町側で縄《なわ》暖簾を営むお波《なみ》という女の子供たちだった。

ぼやを出したのはその縄暖簾で、縄暖簾はお波が身を挺して火を消したが、お波は天井が崩れ落ちて下敷きになり死んでしまったのである。

この縄暖簾があった土地の沽券《こけん》を高田屋が持っていた。

本来なら姉弟は土地から出て行ってもらうしかないのだが、それ以前から、治兵衛はこの縄暖簾に立ち寄るたびに、太一の姿と亡くなった息子とを重ね合わせて見ていたのである。

だからお波にも、特別に目をかけて手を差し延べていたのだが、そのお波が亡くなってみると、姉弟は行く当てもない。

そこで縄暖簾の跡地に土蔵を建て、二人をそこに住まわせることにしたというのであった。

「姉のお愛はお針がうまくて大店の呉服屋から重宝されていましてね、大方の稼ぎはお愛

の腕に頼っているのですが、あの太一も感心な子で、姉を助けてああして浅草紙を売っているのです」

「ほう……」

平七郎もつい、治兵衛の嬉しそうな話しぶりに引き込まれて相槌を打った。

平七郎でさえ、今までに見たこともない治兵衛の顔だったのである。

――質両替を商いとしていなければ、治兵衛も恨まれることもあるまいに……人は、もう一つの治兵衛の顔を知らぬ。

平七郎は、一抹の不安を治兵衛の笑顔に見ていたのであった。

二

「何……もう一度言ってみろ」

平七郎は、目の前で肩をすくめて萎《しお》れている左馬助に、声は小さいが怒鳴りつけるように言った。

「妙殿に何をしたのだ」

「怒るな、平七郎。俺は何もしておらぬ」

「今言ったではないか。いなくなる前の夜に、妙殿の部屋に押しかけたと……」

平七郎は小雨が降る馬喰《ばくろ》町一丁目の橋袂にある蕎麦《そば》屋で、土橋を点検に来ていた平七郎を追っかけるようにしてやってきた左馬助と会っていた。

左馬助から訳のわからぬ稽古にひきずりこまれてから数日が経っていた。

さすがの左馬助も、自身の短慮が恥ずかしくなったとみえて、今度は泣きごとを言ってきた。

左馬助は妙がいなくなった前夜の自身の言動を気にしているのである。

「押しかけたが、話をしただけだ」

「何の話をしたのだ。その翌日に妙殿はいなくなったんだろ」

「そうだが、まさか……」

左馬助は頭を抱えていたが、

「やはりそれだな、妙殿がいなくなったのは……他には考えられん」

不安な顔で見返して、自身で納得するように頷いてみせた。

だが、言いにくそうな左馬助に、

「思い当たる節があったということだな。言ってみろ。とばっちりを受けたこの俺が許さんぞ」

平七郎が厳しく迫ると、左馬助はようやく、ことの次第を語り始めた。

それは十日程前のことだった。

稽古を終えたあとに、弟子数人と深川《ふかがわ》に繰り出した。

弟子の中に、深川の八幡宮近くでめし屋をやっている家の息子がいる。

めし屋といっても大きな店で、場所柄もよく、八幡宮前では有名な店である。

店の名は『富士《ふじ》の屋』という。

左馬助たち一行は、ここでしたたかに飲んだが、解散する段になって、誰かが、このまま櫓下《やぐらした》にでも繰り込もうなどと言い出したのである。

つまり、岡場所に行き、遊女といっときを過ごそうという訳である。

左馬助も若いが、弟子たちはもっと若い。

道場に通ってくるのも、若い力を発散させるためだ。ぎらぎらしている。

酔ってそんな思いがはじけたようだ。

話はすぐに決まった。

しかし左馬助は、そこで弟子たちと別れて帰路についた。

気持ちはそそられたが、仮にも剣術の師匠である。

弟子たちのように屈託ないふるまいが出来るわけがない。

いや、それより、道場で帰りを待っていてくれている妙のことが頭に浮かんだ。ある事件で妙を預かってから、左馬助は妙に心を奪われていた。いつか自分の気持ちを告白したいと考えるものの、もしも拒否されて道場を出て行くなどと言われたら……それが怖くて自身の言動に妙への思いを表すことはしてきていない。自分ではそう思っている。

ところが妙がいなくなる数日前のこと、妙とおよとが、平七郎の噂話を台所でしていたのを、左馬助は立ち止まって盗み聞きしていた。

「ご亭主に持つなら、やっぱり平七郎様のようなお人です」

およの声だった。

年輩のおよが、身辺の男どもの罪もない品定めにふけっていたのだが、左馬助にはおよが妙を唆《そそのか》しているように聞こえた。

妙のくすくす笑うような声が聞こえてきた。

左馬助には、およに同意しているように聞こえたのである。

するとおよは、

「間違っても、うちの先生はお止めなさいまし。先生はだれかれなしにほれっぽいお人ですからね」

などと余計なことを言っている。

確かに妙が来るまでは、ほれっぽい男だったと左馬助も思う。

例えば楊枝《ようじ》を買いに行ったとしよう。

その店の娘に笑みを送られただけで、あの娘は俺に気があるに違いないなどと、本気で考えたりするのであった。

むろん女も買いに行ったこともある。

しかし、妙が来てからは一度もそんな場所に足を踏み入れてはいなかった。

あれもこれも考えると、一度妙に、自分の気持ちをはっきり告げておいたほうがよいと考えていた。

特におとよと妙の会話の中に平七郎の名があがったことで左馬助は狼狽《ろうばい》していた。まさかと思う一方で、平七郎にも横から手を出すなと警告しておく必要があるな、などと考えていたところであった。

そこで左馬助は、道場に帰ってくるなり、妙の部屋の前に立ち、

「えっへん」

咳《せき》払いをしたのである。

「お帰りなさいまし。お茶、すぐにいれますね」

妙はすぐに部屋を出てきた。

そして、茶の間に急ぎ足で行き、すぐに熱い緑茶を妙はいれてくれたのであった。

「妙殿……」

左馬助は、妙のいれてくれた茶を前にして、一大決心をしたような真剣な表情で妙を見た。

そして言った。

「妙殿は平七郎をどんな風に思っている？……ん？……好いておるのか」

平七郎に気があるのかないのかと聞いたつもりだった。

自分への気持ちを訊く勇気もなく、平七郎を引き合いに出したのである。

それで妙が、

「平七郎様のことなど何とも思っておりません。嫌なひと……」

などと左馬助に、熱い視線を送ってくればしめたもの、その後で、

「わたくしは先生のこと、尊敬申し上げております」

などと言ってくれたら最高だし、そうでなくとも押し黙って切ない視線を自分に投げてくれれば、自分に気がある証拠だと思った。

しかし、いきなり平七郎のことを持ち出された妙は、驚いたような顔をして、黙って自

分の部屋に引き取って行ったのである。

——しまった、まずいやり方だった。

後悔の念でいっぱいだった左馬助をさらに打ち据えたのは、翌日の妙の家出だったのである。

それが、弟子の稽古もつけられなくなり、秀太に心配をかけ、平七郎に八つ当たりをした原因だったのである。

平七郎は開いた口が塞《ふさ》がらなかった。

「本当に、妙殿に、いたずらなどしておらぬな」

平七郎は話を聞き終わって念を押した。

「天に誓って……」

「わかった。そういうことならおこうにも頼んで探してもらおう。ただし、もう二度と道場に帰りたくないなどと妙殿が言った時には諦《あきら》めてやれ。妙殿のためだ。いいな」

平七郎は左馬助に厳しい口調で言った。

「雨は止んだようでございますよ、旦那」

新しい茶をいれにきた小女が平七郎に告げた。

雨が止めば、土橋の下にたまっているごみを片づけさせなければならぬ。

このところ雨は降ったり止んだりで、川が増水し、ごみの除去を怠《おこた》れば、川の両岸の河岸《かし》は水で浸される。

秀太は、ひとつ川下の緑《みどり》橋と呼ばれている橋の点検に出向いているが、まもなくここで合流することになっていた。

「さて……」

平七郎が立ち上がった時、

「雨が降るたびに寒くなりやがる」

襟に首をすくめるようにして、職人ふうの男が入ってきた。

男は常連なのか、店内に入って来ると、まっすぐ板場が見える腰掛けに座って、

「熱燗《あつかん》で頼むぜ」

板場を覗《のぞ》くようにして言い、

「しかし何だな。人間、生きてなきゃなんにもならねえ。今そこの河岸を歩いてきたんだが、稲荷《いなり》で死体が見つかったらしくてよ、役人はまだなのに野次馬が一杯で」

「おい町人」

平七郎は立って行って、その職人ふうの男に声をかけた。

「こりゃあどうも」

「稲荷とは、向こう岸にある竹森《たけもり》稲荷か」

「へい」

「そうか……」

平七郎は振り返って左馬助に、じゃあなと頷くと、蕎麦屋を急ぎ足で出た。


「治兵衛！」

野次馬を掻《か》き分けて稲荷の側にある雑木に入った平七郎は、榎《えのき》の根元に転がっている高田屋治兵衛を見て驚いた。

遺体はうつぶせになっているが、ひと目見て治兵衛だというのはわかった。

上物の絹の羽織と共布《ともぎれ》の絹の小袖が雨に濡れていたのはむろんだが、白い足袋が泥にまみれて黒く染まっているのを見た時には、胸が詰まった。

平七郎は、鬼の治兵衛のもう一つの顔を知っている。それだけに哀れだった。

遺体の側にしゃがみこんで検分してみると、治兵衛は首筋を切られて死んでいた。

切り口から凶器は刀だった。ためらいもなく切っていた。

開いた切り口は既に血の気を失って、白くなった肉が反《そ》り返っていた。

さぞかし出血もあったと思われるが、辺りに血の跡はなかった。雨が降ったために、治兵衛の体から流出した血は洗い流されたようである。

それでも僅《わず》かに血のにおいが辺りにたちこめていた。

流れ出た血が、窪地《くぼち》や草むらの根っこなどに滞《とどこお》っているとみえる。

――心配していたことが起きた。

物言わぬ治兵衛の横顔から視線を逸《そ》らすと、平七郎は治兵衛の体の傷を確かめた。

「誰か、そこの番屋に走ってくれ」

覗いている野次馬に声をかけた。

「承知」

野次馬の一人が興奮した声を上げると番屋に走って行った。

「立花様、番頭の仁助《にすけ》でございます」

まもなく高田屋の番頭仁助が走り込んで来た。

平七郎が頷いて迎えると、仁助は治兵衛の遺体に走りよって、

「旦那様……旦那様」

声を上げて取り縋った。

「仁助、少し話を聞かせてくれ。夕べ治兵衛はどこに出かけていたのだ」

「旦那様は昨日夕刻、両国《りょうごく》の元町の料理屋『花菱《はなびし》』で、寄り合いがございまして参られました。七ッ(午後四時)頃だったと存じます。手代の与吉《よきち》がつきそいました……」

手代の与吉は、主《あるじ》の治兵衛を料理屋に送り届けるといったん店に帰って来た。そして、寄り合いと軽い会食が終わる頃に、与吉は治兵衛を迎えに花菱に行ったのである。

だがもう花菱には治兵衛はいなかった。

「高田屋さんは本日は軽く乾杯なさったのちに、すぐに帰られました」

女将《おかみ》はそう言ったのである。

――ひょっとして亀井《かめい》町かな……。

与吉はそう思って、花菱から一人で店に引き返してきたと言うのである。

「亀井町というのは、飲み屋の『紀《き》の屋』のことでございます。立花様はご存じないと存じますが、おたまという人がやっているお店のことです」

「ふむ。つまり治兵衛のなにかな」

「さあ、それは……おたまさんは旦那様から借金をしたのをきっかけに、近頃では旦那様の妾《めかけ》きどりでいる女です。私ども奉公人の評判はあまりよくはありませんでした。与吉がおたまさんの店に立ち寄らずに帰ってきたのも、そういうことなのです」

番頭の仁助は、そこまで話すと言葉を切って、苦々しい顔をつくった。

「そうはいうものの、あんまり旦那様のお帰りが遅いので、私がおたまさんの店に参りましたところ、おたまさんは旦那様は来ていないと言うのです。それで今朝まで寝ずの番で旦那様からの連絡を待っておりました」

「そうか……仁助、この遺体を見る限り、治兵衛は昨日のうちに殺されたようだ」

「昨日のうちに……」

仁助は驚いた顔で見た。

「そうだ。体の硬直状態といい、この足袋の汚れ方といい、夕べからここで雨にさらされていたに違いない」

「お気の毒な……立花様、どうか旦那様を殺した人間を捕まえて下さいませ」

仁助は縋りつくようにして言った。

「なんだなんだ。おい工藤《くどう》、ここに橋が架かっていたか」

その時、野次馬を掻《か》き分けて、肩をいからせ入ってきた者たちがいる。

定町廻りの亀井《かめい》市之進《いちのしん》と同輩の工藤豊次郎《とよじろう》だった。

工藤は、亀井の言葉を受けて、手を額に翳《かざ》して辺りを見渡すような振りをすると、

「いえ、ここは稲荷の境内《けいだい》、橋など見えませんな」

せせら笑って言ったのである。

小馬鹿にしたような目が、明らかに平七郎に向けられていた。

「しかしだ。橋廻りがいるぞ。それも俺たち定町廻りを差し置いて聞き込んでいるらしい」

皮肉たっぷりに言い、亀井が平七郎をちらりと見た。

次の瞬間、亀井はすいと体を平七郎に寄せて来た。そして平七郎の耳元に囁《ささや》くように言ったのである。

「あんたに用はないんだ、橋廻り……すまないが退いてもらおう。邪魔だ邪魔」

犬でも追っ払うように手を振った。

「平さん、そんなこと言われて放っておいていいんですか」

秀太が飛び込んできて亀井を睨《にら》んだ。

「ふっふっ、威勢のいい奴だ」

「ちょっと、亀井さん……」

ぐいと亀井に迫ろうとした秀太の袖を、平七郎は引っ張って言った。

「放っておけ。時間の無駄だ」

平七郎は平然として、人垣の外に出た。

「平さん、待って下さいよ」

追っかけて出てきた秀太を引き寄せると、小声で言った。

「いいか、この稲荷堂の周りを丹念に調べるんだ。何か殺しの証拠が見つかるかもしれぬ」

「確かにここで、殺されたのですか」

「お前はまだ知らぬことだが、人は死んでしばらくすると死斑《しはん》というものが体に出る。紫の痣《あざ》のようなものだ」

「紫の……痣ですか」

秀太は目を輝かせて聞いてきた。

同心という職務、それも人殺しの犯罪人をどうやってつき止めるのか、秀太にしてみれば、興味深い話である。

いつか橋廻りから定町廻りになってみせるという強い決心をしている秀太にとっては、手をとるように犯罪のひとつひとつを繙《ひもと》いてくれる平七郎の教えには、頭が下がる思いでいる。

知り合いの治兵衛が殺されたということもあるのだが、平七郎の表情には、どんなことをしてもこの事件の犯人を捕まえてみせるという、強い気概が窺《うかが》えた。

「治兵衛の体には、すでに腹や胸に紫の死斑が見えた」

「平さん」

「死斑があったのはうつぶせになっている腹や胸だ。治兵衛は余所《よそ》で殺されたのではない。ここで殺され、あそこに最初から転がっていた」

「……」

「いいか秀太、仮に余所で殺されてここに運びこまれたというのなら、死斑の出方はまた違ったものになる。腹や胸ばかりではなく、例えば殺された直後にあお向けに寝かされていたとする」

「はい」

「そうすると、死斑は背中にもある筈だ」

「平さん、つまり、体が下になったところに出来るんですね」

「その通りだ。だから、それから考えると、治兵衛の体は、殺されてから移動したものではない。あそこに転がされて、そのまま放置されたのだということになる」

「はい」

「そういうことだ。わかったら探せ。何か殺しの手がかりになるものがあるやもしれぬ」

平七郎は言いつけると、自身も先にたって堂の周りや床の下を、ごみひとつも見逃さないような気概で入念に調べ始めた。

まもなくだった。

「秀太……」

平七郎の声が上がった。

秀太が駆けつけると、平七郎は堂の扉の向こうに手を差し入れて、何かをつかみ出した。

紙の入った小箱だった。

秀太が驚きの声を上げた。

「平さん、これ……」

その小箱は、太一が売り歩いている、あの浅草紙の入った小箱だったのである。

平七郎は稲荷堂の扉を乱暴に開けた。

堂の中に人のいた気配があった。全体に白くうっすらと降り積もっている筈の埃《ほこり》が、一か所だけ拭き取られたように綺麗になっていた。

平七郎は、小箱をつかんだまま、くるりと振り返って野次馬の垣根を見た。

視界を遮るものは雑木の幹数本のみだった。

夜はともかく昼間なら治兵衛が殺された場所は良く見える。

「ふむ」

平七郎は、凝然として見詰めている秀太に頷いた。

三

平七郎と秀太が、太一の住む弁慶橋の袂に出向いたのは、数日後の夕刻だった。

弁慶橋は、藍染川《あいぞめ》の下流に渡された奇妙な橋である。

その昔大工の棟梁《とうりよう》だった弁慶小左衛門《こざえもん》が、折れた釘《くぎ》のように川の流れが変形しているこの三叉路《さんさろ》に、筋違いに渡した橋を架けた。

それがこの橋を弁慶橋と呼ぶ所以《ゆえん》だが、上からみると橋は『へ』の字のように曲げて架けてある。

だから橋に接する町も、岩井町、岩本町《いわもと》、そして松枝町と、三つの町が三方から橋によって接している。しかもその橋の反りは、山形ではなくてその反対、つまり中ほどで一旦へこんでいるのであった。

橋を渡りはじめると、一度下がってまたそこから上る。上ったところが橋の袂という、歩くのはもちろんのこと、荷車引きには少々こつのいる橋だと言ってよい。

一見奇妙なこの橋を、平七郎たちが知らぬわけがない。

何度も点検に来ているが、今度の場合は橋袂の土蔵に住む、あの高田屋で知り合った浅草紙売りの少年太一に会いにきた。太一が治兵衛殺しを見ていたのではないかという疑いを持ったからである。

「平さん、あの人は……」

秀太は弁慶橋の上に立ってすぐに、土蔵の中から肩を落として出て来た着流しの武士の姿をとらえていた。

武士は二十七、八か……平七郎の年頃かと思われた。

背の高い、遠目からも凛《りん》としたものを感じさせる男だった。

平七郎と秀太の前を通る時、ちらりと横顔を見せて過ぎて行ったが、その表情にはどこか暗く険しいものが見えた。

平七郎と秀太は、その男が橋の上から姿を消したのを見届けて、太一姉弟が住む白い土蔵におとないを入れた。

土蔵の中は、片側半分を床を高くして長屋の中のような造作にし、畳の部屋、板の間、そして台所までしつらえてあった。

二人が三和土《たたき》に立つと、すぐに奥の部屋から女が立って出て来た。

ぽっちゃりした色白の女だった。

「お愛だな」

平七郎が尋ねると、お愛は怪訝《けげん》な顔を一瞬見せたが、相手が同心だと見て、素直に頷いた。

「立花というが、太一はいるかね」

平七郎は、名を名乗って聞いた。

「あっ……立花様」

お愛は小さな声を上げた。

「高田屋さんでお会いした方でございますね。太一から聞いております」

それなら話は早い。いろいろと高田屋治兵衛との繫《つな》がりを説明せずとも済む。

「少し太一に聞きたいことがあってな、会わせてくれないか」

「それが……」

お愛は顔を曇らせた。そして段梯子の上にある土蔵の二階にちらりと視線を投げた。

「太一は二階か」

「はい」

「呼んできてくれ」

「でも駄目なんです」

「どうかしたのか」

「ええ、何があったのか貝のように口を閉ざして、勇之進《ゆうのしん》様にさえ、何も話そうとはしないのです」

「勇之進とは……」

「あの子が兄のように慕っている寺子屋の先生です。緒方《おがた》勇之進様と申されます」

「すると、先程ここを出て行った……」

「はい。太一がこのところ、口がきけなくなったものですから、お見舞いに来て下さったのです。ところが太一は、勇之進様と言葉を交わすどころか顔を合わせることもしないのです」

「ふむ、いつからだ、太一がそんなふうになったのは」

「数日前からです」

「数日前から……」

「はい。浅草紙を売りに出たのですが、日が暮れても帰ってこなくて、帰って来たのは暗くなってからでしたが、その時からです」

「その時、何も言わなかったのか」

「何も……ただ、別人のような、まるで幽霊のような顔をして帰ってきました。私も何があったのか聞いてみたのですが、なんにも話してはくれませんでした」

「……」

「それからずっと、御飯も食べないし口もききません。体が弱って歩くのもやっとのことです。これじゃあ死んでしまうんじゃないかって、心細くなって勇之進様に来て頂いたのです。ところが、あんなに尊敬していた勇之進様にも、ひとことも口をきかない。せっかく来て下さったのに、あの子は何を考えているのかと……」

お愛は、話しているうちに、涙声になっていた。

「情けなくて……二人っきりの姉弟《きょうだい》なのに」

お愛は悲嘆にくれた様子だった。

母が亡くなり姉ひとり弟ひとり、その弟が突然お愛が理解できないような変わり方をしたのである。無理もなかった。

「お愛、その、太一が変わってしまったというのは、もしかして、雨が降った日ではないのか」

秀太が聞いた。

「ええ」

「そうか、やはりな……お愛、高田屋だが、殺されたのは雨が降った日であった」

「ええ、知っています」

「知っている？」

「はい、昨日、お葬式に参りましてお聞きしました。でもあの子には、まだ話しておりません」

「ふむ」

「治兵衛さんが亡くなった、それも殺されたなんてあの子が知ったら、あの子はびっくりして死んでしまいます」

「治兵衛はお前たちを、随分と可愛がっていたようだからな」

「はい。私たちは高田屋の旦那様のおかげで、こうしてここで暮らしております。旦那様の事は、町の人のなかには鬼だとかなんだとか言う人もおりますが、私たち姉弟にとっては父のような人でした。旦那様は太一に大きくなったら、お前のその算勘で高田屋に奉公して、倅《せがれ》と一緒に店をもりたてておくれ、そうおっしゃって下さって……」

お愛はそう言ったが、はたと気づいたように、

「もしや太一に聞きたいとおっしゃったのは、高田屋の旦那様のことでしょうか」

「そうだ」

平七郎が頷くと、

「お願いでございます。旦那様の話を今するのはお止め下さいませ。この通りです」

お愛は、両手をついた。

「……」

「申し訳ありませんが、旦那様のお話なら私が太一に代わってお話しします。ですから、太一はそっとしてあげて下さいまし」

「お愛、ではひとつだけお前に尋ねたいのだが、これを見てくれ」

平七郎は、袂から竹森稲荷で手に入れた、浅草紙の小箱を出した。

「これが何か……」

「太一が売り歩いている紙は、これと同じものだったな」

「はい……」

お愛は怪訝な顔で見返した。

「そうか、わかった……お愛、太一がもとの元気を取り戻すように、よく面倒をみてやるのだ。何かあったら遠慮なく相談するのだぞ。よいな」

平七郎は言い置いて、蔵を後にした。

「お待ち下さい」

すぐにお愛が追っかけてきた。

「厚かましいとは存じますが、お願いがあります」

「何だね」

「お役人様は橋廻りをなさるのだとお聞きしています」

「うむ」

「橋廻りをなさっていて、もしも黒い犬を見つけたら、お知らせ頂けないでしょうか」

「黒い犬を……」

「はい、名はクロと言います。もとは野良犬です。その弁慶橋の袂に紙箱に入れて捨てられていた犬です。太一がどうしても飼いたいって言うものですから飼い始めたのですが、この夏の嵐の時にいなくなりました。繋いでいた紐《ひも》が外れたようなんです。それ以来太一も私もずいぶん探しましたが見つかりませんでした。太一はその時、弟を亡くしたように泣きました。落胆してその時も食事が喉《のど》を通らなかったのです。クロさえいればと思います。太一は今でもクロを待ち続けているのですから……」

お愛はそう言うと、平七郎と秀太を橋の袂に案内して、そこから見える蔵の二階をそっと差した。

小さな窓から太一が覗いていた。

太一は身動《みじろ》ぎもしないで、何を見るともなく虚空に視線を泳がせているようだ。

「太一はクロを待っているのです。あの子を今支えているのはクロなんです。クロが見つかれば太一も元気になるかもしれません」

「話はわかった。だがお愛、そのクロというのは、どんな犬だ。何か特徴があるのか」

聞いたのは秀太だった。

「あります。クロは柴の血を引く雑種ですが、全身が真っ黒です。でも、右の耳の先っぽが三角に白くなっています」

「右の耳の先が三角に白くな……」

「はい。それから、ひょっとして、首に小さな木綿《もめん》の袋をぶら下げているかも知れません」

「袋を？」

「はい。太一が、万が一迷子になった時に、ひもじい思いをしないようにと、その袋には鰹節《かつおぶし》をひと欠け入れてありました」

「首に鰹節の弁当をな」

秀太は、くすりと笑って平七郎を見た。

平七郎も思わずふっと笑みを浮かべた。

二人の脳裏には、右耳の先だけが三角に白い黒い犬が、首に木綿の袋をぶらぶらさせて浪々としている姿が浮かんでいた。

どうやらクロは、太一ばかりではなく、目の前にいるお愛をも、支えていたようである。

「クロは橋に捨てられていた犬です。ですから、きっとどこかの橋の上で、私や太一を待っているかもしれないのです」

「わかった。気をつけよう」

秀太は、潤《うる》んだ目を向けるお愛に、慰めるように言った。

「秀太、やはり太一は事件現場にいた……そうとしか思えぬな」

平七郎は、窓の戸を閉めて、蕎麦をかきこんでいる秀太に向いた。

平七郎がたった今まで見ていた窓の外には、白い土蔵がある。

太一と姉のお愛が住んでいる土蔵である。

先ほどまでその土蔵の二階には、仄《ほの》かな明かりが漏れていた。

そして、その明かりを背にして小さな頭が、じっと弁慶橋を見詰めていたのである。

小さな頭とは、むろん太一のことだった。

太一を平七郎と秀太が訪ねたのは今日のことである。その時平七郎は太一に直接、治兵衛殺しを実見したのかどうかを聞きたかったが、太一は心の病を患《わずら》っているようだった。

平七郎はそこで太一が住む土蔵の二階の明かりが消え、土蔵の白壁ばかりが宙に浮いているように見えるまで、一方の橋袂の酒屋から太一の様子を見続けていたのである。

二人がいるのは弁慶橋の松枝町側袂にある下り酒屋『大坂屋《おおさか》』の二階であった。

大坂屋八右衛門《はちえもん》は、弁慶橋の管理監督を平七郎が頼んでいる、町の役人である。

下り酒専門の酒屋で、階下にはちょっと腰掛けて酒を飲ませる席も設けてあった。

その大坂屋の二階に、平七郎は八右衛門に頼み込んで上がり、土蔵を見張っていたのである。

「私が医者から聞いた話では、太一のような症状は、何か身の回りで大きな衝撃があった時に現れるらしいのです。一石橋《いっこく》袂の医師山田宗伯《やまだそうはく》、日本橋の磯村玄雨《いそむらげんう》、二人とも有名な医者ですが、口を揃《そろ》えてそのように……その診《み》たてに間違いがないのなら、太一は事件を実見していますね」

「うむ、ただ、ひとつだけ解せないのは、そうならば何故太一が黙って引き籠もっているかだが……」

「恐怖でしょう。事件そのものに対する恐怖です」

秀太はそう言うと、廊下の戸を開けて、八右衛門を呼んだ。

「すまぬが酒を少しくれぬか。体が冷える。少しでいいぞ」

如才なく酒を頼んだ。

「承知致しました。すぐに女中に持たせます」

八右衛門は言い、いったん戸を閉めたが、すぐにすらりとまた戸を開けて、

「それはそうと、太一坊のことですが、あの子は小さい時からなかなかの負けん気で、大人顔負けの度胸を持った男児です」

八右衛門はそう言うと、一年ほど前に弁慶橋の上で浪人の殺しあい騒ぎがあった時のことを話してくれた。

それによると、浪人二人が斬りあった末、一人が斬られ、一人はそれを見届けてから逃げたが、この時土蔵の二階の窓からこれを見ていた太一が猛然と走ってきて、大人の誰よりも早く番屋に届け出たのだと言う。

「血を見てもおじけづくような子ではありません」

八右衛門はそれだけ告げると階下に降りた。

八右衛門は、なぜ平七郎が二階から向こうの土蔵を見張っているのか、その理由は知らなかった。

ただ、この部屋に平七郎が入るなり、太一はどんな子供なのか訊いたものだから、八右衛門はそれを思い出して話してくれたのである。

八右衛門が部屋を去ると、

「平さん……」

秀太は思案の眼を向けた。

「それほど勇気のある子供なら、今度の事件を見たことで、それだけで心に閉塞をきたすというのも、どうもおかしな話ですね」

「うむ。太一があゝなったのは、事件を実見しただけではなくて、何かもう一つの大きなわけがあるに違いない」

漠然とだが、平七郎は今日一日ここに座って、太一を観察して得た結論がそれだった。

殺された治兵衛は、太一が父とも慕っていた人物である。

その人が目の前で殺されれば、いかに恐怖に襲われたとしても、太一は治兵衛の敵《かたき》をとってやりたいと思うのではないか。

しかしそうだとすれば、何故引き籠もって口を噤んでしまったのか、平七郎にはそれが解せないでいる。

「平七郎様、失礼致します」

階段を上ってくる足音が部屋の前で止み、おこうの声がした。

「おこうか、入ってくれ」

平七郎が答えると、おこうがするりと入って来た。

「妙殿が見つかったか」

「いえ、そちらの方はまだ……」

おこうは首を振って否定し、

「高田屋さんの一件です。高田屋殺しが捕まりました」

緊張した顔で言った。

「まことか」

「はい」

行灯に照らされたおこうの顔には、しかし何か判然としないものが揺れている。

「定町廻りの亀井様と工藤様が、おたまさんという飲み屋の女将を引っ張って行ったそうです」

「おたまだと……亀井町の飲み屋のおたまか」

「はい。あの日の夕刻近く、おたまさんの店先で高田屋の旦那を見た者が現れまして」

「しかしおたまは、治兵衛が世話していた女だと聞いているが」

そんな立場の女が旦那を殺せば、この先得になるものは何もない筈だ。

おこうは話を継いだ。

「それが、亀井様のおっしゃるのには、おたまさんは高田屋さんから五十両の借金をしていた。その借金を払えとせっつかれて殺した。それも人を使って殺したのだと……」

「ふーむ」

「ただ、亀井様がそうおっしゃるのも、世間ではおたまさんは高田屋さんの囲い者だったと言われているからですが、辰吉の調べでは、少し違った話が出てきていますので」

「男でもいるのか」

「はい。ご浪人ですが、密かに通ってくる人がいるのだと……」

「証拠はあったのか、おたまが下手人だという」

「今言った話だけです。直接殺しに関係ある証拠はありません」

「随分乱暴だな、亀井さんも……」

「はい。こちらは辰吉につづけて調べさせておりますから……」

「うむ……」

平七郎の頭には、喉首を切られて出血して死んでいた治兵衛の姿が思い出される。

——治兵衛を殺した凶器は刀だとは思っていたが……浪人か。

その時ふと、あの弁慶橋の上で見た男の姿が過ぎった。

「緒方……緒方勇之進か……」

――あの男も浪人だった筈。

平七郎は胸に緒方勇之進の暗い横顔が浮かんできた。

四

太一は、雨に降られて稲荷堂に駆け込んだ。

商売の紙を濡らしては元も子もない。籠の中には十数箱の小箱がまだ残っていた。

――早く止んでくれないかな。

太一は堂の中に座り、雨の境内を眺めていた。

じっとしていると体が冷えてきて寒かった。

次第に境内に夕闇が迫ってきた。

――紙の箱をここに置いては帰れない。この堂で眠るしかない。

不安ながらも子供らしい決心をしたその時、表で人の気配がした。

「止めなさい。こんなことをするなんて、逆恨みも甚《はなは》だしい」

怒りの声は、太一の知っている人のものだった。

――旦那様だ……。

太一は、腰をずらして格子戸の際まで寄って目を凝らした。

高田屋治兵衛が薄墨色に覆われた境内に傘をさして立ち、その治兵衛を三人の男たちが囲んでいた。

三人は傘をさしてはいなかった。だが、覆面をしていた。

身なりは一人は町人で背が低く太り気味の男だった。後の二人は侍のようである。

その町人姿の男に治兵衛は体を向けて言った。

「あんたは益之助《ますのすけ》だね。そんな物を被《かぶ》ったって私にはわかっていますよ。そうだろう」

治兵衛は、ぐいと睨むと、背が低く太り気味の男に言った。

すると、男は驚いて後退りしたのである。

「やはりな。あんたに情けをかけたのは間違いでしたよ」

「う、うるさい。旦那がた、少し痛い目にあわせてやっておくれ」

益之助だと言い当てられた男は、両脇に立つ侍に叫ぶように言った。

両脇の男は二人とも背が高かったが、腰に刀をさしている。

二人は柄頭を上げて、治兵衛を見据えた。

「ふっふ、高田屋、言う通りにすれば、生かして帰してやると言ってるんだぜ」

益之助と呼ばれた男は不敵な言い回しをしながら、懐から紙切れを出した。

何かの証文のようだった。

そしてここに判子を押せと、その紙の一か所を人差し指で叩いて示し、治兵衛に恐ろしい顔で迫ったのである。

だが治兵衛は毅然《きぜん》として言った。

「脅されて借金を無いものにしろとは……高田屋治兵衛は、そんな脅しには乗りませんぞ」

「ええい、融通のきかない男よ、殺せ」

益之助が叫んだ時、一人の侍がすらりと刀を抜いた。

——ああ、旦那様が殺される。

太一の夢は、いつもそこでいったん切れた。

胸は激しい鼓動を打ち、ひや汗で全身ぐっしょり濡れていた。

次に夢の中で見る光景は、暗闇の中を、太一が籠を抱えて追われる犬のように走っているところであった。

そして、軒下で膝を抱えて座っている自分の姿は、いつの間にか縁の下で震えているクロの姿と重なった。

太一は、今日もそこまでの夢を見て、息苦しくなって起き上がったのである。

太一はあれから、ずっと土蔵の二階で暮らしていた。

二階の明かり取りになっている窓から、外にある弁慶橋の全景が見える。

その窓から差し込む光が明るいのは、まだ外は昼間である証拠だった。

「ねえちゃん……」

階下に向かって、姉のお愛を呼んでみたが、返事はない。

太一は、お愛が仕立物を届けてくると言っていたのを思い出した。

しかし喉《のど》が渇《かわ》いている。

太一は、階段をひとつひとつ腰を据えて降り始めた。

姉の勧めを無視し、粥《かゆ》をほんの少し食べるだけの日々がずっと続いていたために、立ち上がると眩暈《めまい》がする。

「あっ」

次の段に足を伸ばそうとして均衡を失った。

太一は悲鳴を上げて滑り台を落ちるように階段を落ちていく。

だが、その体が地面にたたきつけられる前に止まった。

目を開けると、力んで顔を赤くした平七郎が、すんでのところで太一の体を抱き留めていた。

「良かった、危なかった」

平七郎の言葉に、太一は思わず平七郎の胸に取り縋っていた。

「食べろ。甘いだろう。吉野葛《よしのくず》に砂糖をたっぷり入れてあるのだ。体も温まるし元気もでる」

平七郎は、自分が買ってきた砂糖入り葛を太一に作ってやった。

太一は遠慮がちにひとくち口に含んだが、

「どうだ。うまいだろう」

平七郎の問いかけに、こくりと頷いた。そしてぼそりと尋ねた。

「どうしておいらにこんなことを……」

その目は不安な色を呈している。

「高田屋の旦那に頼まれていた。弁慶橋を見に行った時には、太一の様子を見てやってくれないかと」

「……」

「それでこの間立ち寄ったのだが、お愛からクロの話を聞いてな、お前に話してやりたい犬の話を思い出したんだ」

「立花様……」

犬の話と聞いて、太一はぱっと明るい表情を見せた。

「よし、全部食べろ」

平七郎は、太一が美味しそうに食べ始めるのを待って、平七郎が定町廻りだった頃、小《こ》石川《いしかわ》の念仏《ねんぶつ》寺の脇で、犬の張り子をつくり、それを参拝客に売って暮らしている老人から聞いた話をして聞かせた。

その老人は西国生れの男で、名を捨次《すてじ》と言った。

捨次は生れてまもなく、さる旅籠《はたご》の前に置き去りにされていた捨て子だった。

捨次という名前も両親がつけたのではなくて、捨次を拾った旅籠の者がつけたようだ。

捨次は生れながらにして幸せ薄い人だった。

旅籠に拾われた捨次は、五歳の頃からもう働いていた。

食事は犬や猫のように貧しいものを与えられていた。

自分に与えられる食事が世間では見向きもされない粗末な物であると知った時の衝撃を、捨次は老人になっても忘れないのだと言った。

捨次は、自分を生み捨てていった顔も知らない母親を呪《のろ》った。
ところが、夢に見る母親は、いつも美しく優しい母親なのが悲しかった。
心の底に、無情な人間であるはずの母親を哀しむ気持ちが芽生えていた頃、捨次の心は
世の中を呪うようになっていた。
やがて捨次は十五歳になった時、その旅籠を飛び出した。
所持金がある訳でもなく、どこかにつてがある訳でもなかった。
行き着いた先は、街道筋の寺だった。
慈悲《じひ》深い和尚《おしょう》に拾われて、その寺の鐘楼の下で寝起きするようになっていた。
その鐘楼は、寺の中でも小高い丘にあった。
下をのぞむと、広い寺内と街道と寺を結ぶ橋が見えた。
捨次は寺の和尚に拾われたとはいえ、世の中への恨みが消えた訳ではなかった。
先々のことを考えると、真っ暗だった。
生きる屍《しかばね》のように、この鐘楼で、誰とも接することなく歳《とし》をとるのかと思うと、何
も希望が持てなくなっていた。
鐘を打つこと以外にすることはなかった。
後はぼんやり街道筋を眺めていた。

ところがある日のこと、明六ツ（午前六時）の鐘を捨次が打ってまもなくのこと、朝靄《あさもや》の中を一匹の赤茶けた犬が渡ってくるではないか。

犬は寺への橋を渡ってきて、寺の中の観音堂の前に、ちょこんと座った。

——なんだろう。

気になって見ていると、犬は四半刻（約三十分）もそうして座り続け、再び橋を渡って帰って行ったのである。

捨次は赤茶けた犬が気になった。

翌日から気をつけて見ていると、雨が降ろうと風が吹こうと、明六ツの鐘を合図に犬は橋を渡ってきた。

なぜ渡って来るのか捨次にはわからなかったが、犬のひたむきさに心を打たれた。

頭を振るようにして歩いてくるその姿には、捨次と同じ孤独が見えた。

日ごとに痩せて衰えていくように思えたが、犬は橋を渡って来た。

その姿を見ているだけで、捨次の心に小さな火が点《とも》った。

犬は捨次に、そのひたむきさをもって、夢を与えてくれているような感じがした。

捨次は犬と自分の姿を重ねるようになっていた。

ところが突然その犬の姿が見えなくなった。

捨次の心は落ち着かない。犬を待つ日が続いた。

やがて観音堂近くに、犬の塚が建てられた。

捨次が和尚に聞いたところ、その犬は奇病にとりつかれた主《あるじ》にかわって観音堂にお参りしていたのだという。

犬の日参の甲斐あって主の病気は回復したが、犬は精根尽きて亡くなったのだと……。

やがてその橋には『願い橋』という名がついた。

捨次がその寺を出たのは、三十年も前の話だが、その時犬に教えてもらったひたむきさが、ずっと捨次を支えてくれているのだ。

「そりゃあこの歳になるまでいろいろありましたからね。悪いことに手を染めようとしたり、生きてくのが嫌になったり、でもね旦那、そんな時あの犬の夢を見るんでございますよ。犬が歩いて来る夢を……そしてあっしの前で立ち止まって、じっとあっしを見るんです。その目がね、諦めたらだめだっていうんです。あっしがいまこうして幸せに暮らしているのも、あの犬のお陰でさ」

捨次は言った。

平七郎は話し終えると、きらきら目を輝かせている太一に言った。

「お前のクロだって同じだぞ。お前のことを心配している」

「立花様、クロは弁慶橋を覚えているでしょうか」

「きっとな、いつかここに帰って来る、太一坊に会いにな」

太一は嬉しそうに頷いた。

「早く元気になることだ。姉さんや寺子屋の先生に心配かけないように、いいな」

平七郎がそう言った時、太一の顔が再び曇った。

「立花様……おいら……おいら、勇之進様には会いたくねえ。二度と顔も見たくねえ」

太一は、泣きそうな顔をして言った。

五

「やっ、お待たせしました」

緒方勇之進は、平七郎が待っている小座敷に、神妙な顔で入ってきた。

勇之進が入ってきた時、子供たちの声がひときわ大きくなって聞こえてきた。

「復習をなさい、いいですね」

若い女の声もする。

「妹の美祢《みや》です」

勇之進は耳を澄ましている平七郎に言った。

「ほう、ご兄妹で手習い所をしてお暮らしか」

平七郎は、辺りを見渡すようにして言った。

この家は薬研堀《やげんぼり》にある仕舞屋《しもた》だった。

教室と平七郎がいる小座敷と台所は階下にあり、家族が暮らしているのは二階のようだった。

「母がおります。母は寝たきりですが……」

「それはまた……」

「して、私になんの用ですか」

「いや、貴公が心配している太一の事だ」

「良くなったのですか」

勇之進は目を見開いた。

「いや、まるで魂を抜きとられたようだ。ものも言えず、足も萎えたように、あの土蔵に閉じ籠もっている」

「……」

「それは貴公もご存じのはずだ」

「……」

「俺がみる限り、あの子の小さな体には耐えられぬ何かがあった。それで失望したのかもしれぬ」

「……」

「どうやら今の太一にとってはクロが帰って来ることだけが支えのようだ。望みのない夢だが、その夢を、あの弁慶橋の上に見たい、そう念じているのではないか」

「……」

「それで俺は、人から聞いた犬の話をしてやったのだ」

「犬の話……」

平七郎は、掻《か》い摘《つま》んで勇之進に話してやった。

平七郎の頭の中には、別れ際に太一が突然顔色を変え、勇之進を拒否した姿が鮮烈に残っている。

太一が閉じ籠もりになった原因は、ただの恐怖の記憶だけではない。別の何か、絶対見たくないものを見、知りたくないものを知ったからではないか――。

そう考えていた平七郎は、その時太一の人が変わってしまったその謎が解けた思いだった。

高田屋治兵衛を殺した犯人のうち、一人は勇之進だったのだ。平七郎はそう思ったのである。

父とも思っていた大切な人の殺されるのを見ただけでも衝撃なのに、その人を殺した仲間の一人に、兄のように尊敬していた人がいた。

だから太一は、口を噤《つぐ》むしかなかったのだ。

だが太一は、もう何を信じて生きていけばよいのかわからなくなったのである。

クロとの再会が、その夢だけが、今の太一の信じられる一筋の光に違いない。

「幼い心を痛めている太一が哀れでならぬ。あの子の心をもとに戻してやるために、是非とも貴公にも力を貸してもらえないかと思ってな」

「しかし、私にはわからないのです。あの子の身に何が起ったのか……」

「高田屋治兵衛殺害のことでござるよ」

平七郎はずばりと言った。そしてその目で勇之進を見た。

勇之進は言葉を呑《の》んだが、その表情は狼狽していた。

「治兵衛は、あの姉弟にとっては父のような存在だったのだ」

平七郎は、鬼と呼ばれていた治兵衛が、一方では仏のような人間だったことを話し、事件当夜、稲荷堂で雨宿りをしていた太一が、殺しの一部始終を見ていたらしいと告げたのである。

勇之進は両手に拳《こぶし》を作って、じっと話を聞いていた。

「さて……」

平七郎は刀をつかんで立ち上がった。

「今日のことだ。治兵衛を殺した首謀格と思われる山路屋益之助が捕まったようだ。仲間はまもなく割れると思われるが、下手人がみな捕まってもそれで太一がもとに戻るとも思えぬのだ。だから貴公の力をあおぎにきた。そういうことだ」

平七郎は、じっと考え込んでいる勇之進を一瞥《いちべつ》すると、手習い所をあとにした。

「お待ち下さいませ」

仕舞屋を出て、その町の角をまがったところで、平七郎は呼び止められた。

追っかけてきたのは、美しい娘だった。勇之進に面差しが似ていた。

「勇之進殿の妹御だな」

「はい。美祢と申します。失礼とは存じますが率直に申し上げます。わたくし、聞いてはいけないと思いましたが、あなた様の話を隣室から聞いてしまいました。何をおっしゃりたくて参られたのか、よくわかりました。でも、でもどうか、兄をお見逃し下さいませ」

「……」

「兄は、あの事件に唆《そそのか》されて加わったようですが、手を下してはおりません」

美祢の懇願は、兄勇之進が一味だったことを告白しているのも同然だった。

「なぜ私にそんなことを……」

「あなた様ならお助け頂けるのではないかと、そう思ったのでございます」

美祢はそう言うと、勇之進が高田屋治兵衛から借金をして苦しんでいたことを、その借金は母に朝鮮人参を飲ませ続けなければならなかったという事情があったことなどを説明し、

「事件の数日前に山路屋さんが一人のご浪人とやって参りまして、高田屋は世にはびこる悪だ、一緒に懲《こ》らしめてやろうじゃないかと兄を誘ったのでございます」

と言うのであった。

「ふむ。しかしそれで荷担したというのなら、いかにも軽薄、一介の手習い師匠としても、あるまじき行いではないのかな」

「ええ、でも、どうしても、借金を完済しなければならない事情があったのです」

美祢はそう言うと、さる藩から、財政立て直しのために、是非勇之進の算勘の力を借りたい、そのために仕官をしないかと言ってきたと言うのである。

ところが仕官の話を持ってきた武家から、

「ただし、これは緒方殿に限っては心配する必要もないことかもしれぬが、身辺身綺麗にしておいてほしい。女のこと、金のこと、もろもろだ」

そう言われて、高田屋から借りた金の返済に腐心していた勇之進は、悪の誘いについつい乗ってしまったのだと美祢は言った。

「父の代からの浪人生活、ようやく巡ってきた幸運です」

このことは誰にも漏らさず、見逃してほしい、どうぞお願いしますと、美祢は袖で顔を覆った。

「美祢殿……」

こんな往来で女に泣かれては……。

平七郎は大いに困った。

まして平七郎とて同じ武士、浪人の辛さがわからぬわけではない。

「美祢殿、俺は橋廻りだ。勇之進殿をどうこうしようと思って参ったのではない。この先をどうするのか、それはそなたたちの考えだ。どんな道を選ぶのか、勇之進殿が決めることだ」

平七郎は、そう言い置くと踵《きびす》を返した。

背中を見送るすすり泣きにどこまでも追われるような錯覚を覚えていた。

「嫌だ、おいら、聞きたくないよ。帰ってくれ、先生帰ってくれ」

太一の叫びは悲痛だった。

両耳を押さえて、静かに座す勇之進に背を向けると、太一は、

「聞きたくない、聞きたくない……」

蹲《うずくま》って泣き崩れた。

「太一……」

側でお愛もおろおろしている。

「太一、心静かに聞いてくれ。先生の一生の願いだ」

勇之進は静かな口調で言い、震えている太一の側に静かに寄った。

太一の背中に手を置こうとしたが、勇之進はその手をひっ込めた。

かたくなな太一の背に触れれば、もっと太一が傷つくように思われたのである。

勇之進は呼吸を整えると、太一の背中を見て言った。

「太一、お前は人に抜きんでて賢い子だ。お前のこの先が先生は楽しみだった。そんなお前をこうして苦しめたことを、まず詫《わ》びたい」

すると太一の息遣いが一瞬止まったかに見えた。

だが太一は、身動ぎもせず、無言で抵抗しているのであった。

「黙って聞いてくれればそれでいいのだ」

勇之進は治兵衛を成敗する一味に荷担したいきさつをとつとつと話したが、まさかあの時、太一が稲荷堂にいたなどと露知らなかったのだと言った。

「お前が、一味の一人が私だと知ったのは、あの時だな」

恐る恐る言った。

それは、治兵衛を殺そうとした浪人の一人が刀を抜いたその時のことだった。

「止せ、約束が違うぞ」

割って入った勇之進の顔に、

「おのれ」

治兵衛の手が伸びた。

「あっ」

勇之進が小さな叫びを上げた時には、治兵衛に覆面をはぎ取られていたのである。

「あなた様は！」

治兵衛が驚いたのと同時に、もう一人の浪人が、治兵衛の喉元を切り裂いていた。

「あの時はとりかえしのつかぬことをしたと思った。私はお前に、どんな些細《ささい》な悪にも荷担しては駄目だ、正しく生きる道はこうだなどと導きながら、その私が、悪に手を貸したのだからな。事情がどうあれ許されることではない。この通り、謝る。許してくれ、太一」

勇之進は頭を垂れた。

「勇之進様……」

お愛は泣いた。

「太一、私はこれから自訴する。その前にお前に謝りたかったのだ。それで立ち寄った。勉学に励めよ、息災に暮らせ」

勇之進は静かに立ち上がった。

愛しい眼でじっと太一を見詰めていたが、思い切るように太一に背を向けた。

その時である。

「先生……」

太一が勇之進を見上げていた。

その瞳に、一筋の光が差している。

だがすぐに、新たな哀しみが、その光を覆い尽くしたようだった。

太一にしてみれば、恩師への不審はぬぐえたものの、今度は別れが待っていたのである。

「先生……」

太一は、言葉を探していた。

「嫌だ。おいらを置いて行かないで」

「太一……」

「どうしてだ……おいらの前からなぜ皆いなくなるんだ……おっかさんも、クロも、高田屋の旦那様も、先生まで……なぜだ。先生、おいら、何かいけないことしたかい」

訴えるように太一が言った。

「太一」

勇之進が近づいて来て、太一の側に腰を落とした。

「伝えるのを忘れていたぞ。昨夜クロの夢をみた」

太一の瞳が、一瞬揺れた。

「そのクロが私に言ったのだ。『お前のかわりに、俺が太一の側にいるから安心しろ』そう言ったのだ。太一、クロは必ず帰ってくるぞ。きっとな」

六

勇之進は急ぎ足で奉行所に向かっていた。

懐には自訴の内容を書いた書状がある。奉行所に訴え出た後に、自害するつもりであった。

悪に荷担して得た金十両は、書状と一緒に懐にある。

勇之進は、高田屋治兵衛を仲間が殺したところで、その金を使うことの恐ろしさを知った。

その金の出所についても、山路屋が闇の世界から持ってきたと知った時には啞然《あぜん》としたものである。

「あんな金貸しには天誅《てんちゅう》を加えてやらなければ……」

そんな言葉に踊らされた自身の軽薄さが情けなかった。

高田屋の取り立ては、情け容赦のないもので、多くの人が高田屋の厳しい取り立てに泣いていたのは事実だった。

だが、考えてみれば、決まった金利以上のものを取っていたわけではない。高田屋は商いとして、取り立てに厳しかったのだ。

だが自身も高田屋に金を借り、その返済に汲々《きゅうきゅう》としていた勇之進は、山路屋の誘いにまんまと乗ったということになる。

もう一人の男、あの時高田屋を殺した男は、高田屋が心底気にかけて応援してやっていた亀井町の飲み屋の女将の男だった。

名を北山一馬《きたやまかずま》というのだが、こちらもどうやら、自分が借りた借金を返すのが惜しくなって、山路屋の話に乗ったふしがある。

いずれにしても、本当の悪は高田屋ではなく、こちらだったと知った驚きは、いいようもなく口惜《くや》しい。

勇之進はだからこそ、金を使えずにいたのである。

しかもそこへ、深い心の傷を負わせてしまった太一のことを知ったのである。

今なら間に合う。

平七郎の訪問を受け、その心配りに勇之進は感服して、そう思った。

母や妹のことが気にはなるが、今更だが悪に荷担したツケは、自身で払わねばならぬ。

勇之進は繰り返し、こもごも考えながら歩いていた顔を上げた。

暮れ六ツの鐘で我に返った。

神田堀の土手にさしかかっていた。
枯れたススキが風にさらさらと鳴っていた。
その音をあらためて耳朶《じだ》にとらえた時、夕暮れの背後に突然地を蹴る音を聞いた。
——一馬か。
立ち止まると同時に、凄《すさ》まじい殺気が飛んできた。
振り向きざま刀を抜いたが遅かった。
柄をつかんだ右の手首が、草むらの中に飛んだのを見た。
その不思議な光景を見た後で、激痛が走った。
蹲った時、すり抜けて行った筈の殺気が、また戻って来た。
——殺《や》られる。
左手で脇差しを抜こうとしたその頭上に、刺客の大刀が振り下ろされた。
だが、息をつめたその瞬間、刺客は勇之進に覆いかぶさるように音を立てて落ちた。
「もしやと思っていたが、危なかった」
平七郎だった。
「立花殿……」
「この男は、ご存じだとは思うが、北山一馬だ」

「峰打ちにした。この男に白状させれば、きっと貴公の罪は軽くなる筈……」

「はい」

「立花殿……」

平七郎は頷くと、迫ってくる黒い影を呼んだ。

「秀太、捕り縄だ」


弁慶橋の上は、煙ったように見えた。

白い朝だった。

空気は凜《りん》として冷たいが、そこに白い霧が発生し、しらじらと明けていく橋の上は、幻想的でさえあった。

「秀太、なんだこれは、この耳はどうしたのだ」

平七郎は、土蔵の見える橋の袂の酒屋の角で、秀太が抱いてきた黒い犬の耳を見てびっくりした。

なにしろ、その黒い犬の耳の先が、いつの間にか三角に白くなっているのである。

昨日秀太から黒い犬を見せられた時には、耳は真っ黒だった筈、しかも犬の首には、小さな木綿の小袋までくくりつけられていた。

「これ、鰹節がひと欠け、入っているんですよ」

秀太は楽しそうに言った。

「耳はどうしたのだ、この白い耳は」

「決まってるじゃないですか、顔料で白く塗ったんですよ。どうです、我ながらなかなかのもんだと思いませんか……と言いたいところですが、袋も耳も、妙殿の手によります」

「何、妙殿だと、妙殿は見つかったのか」

「いえ、帰ってきたのです」

「どこに行っていたのだ」

「それが、国の親父殿の墓参りに帰っていたというのです」

「左馬助は聞いていなかったのか」

「それがですね、先生が酔っ払って帰ってきた時に話したらしいのですが」

「左馬助が忘れていたのか」

「そのようです」

「まったく……人騒がせな」

左馬助が起こす騒動は、昔からこうである。

一度灸《きゅう》をすえてやらねば……平七郎は苦虫を噛み潰したような顔で秀太を見た。

秀太は抱いていた犬の頭をなでながらくすくす笑った。

「これで妙殿の一件は落着ですかね。上村先生も妙殿も騒がせて悪かったと申しておりました。実はこの犬を探してきてくれたのも、妙殿なんです」

「うむ……」

平七郎は、秀太の腕の中で、下におろしてほしいともがいている犬を見て頷いた。

勇之進が自訴してから数日が経っていた。

勇之進の罪は、まだ決まってはいなかったが、もとの暮らしに戻れるとは思えなかった。

たとえ罪が減じられても、この江戸に住まうことは難しい。

どうあっても、太一とは長《なが》の別れとなるわけだが、それだけに、太一はその事実を受け止められないでいる。理屈でわかっても、心の中を納得させられずにいるのである。

「平七郎様、おいら、クロを待つよ」

哀しげな目で太一は言った。

クロが現れれば、太一は立ち上がって踏み出せる。

平七郎がその話を秀太にしたところ、それならと秀太が真っ黒い犬を連れてきたのであった。

——しかし、耳を白く塗ったり、首に袋をつけるのはやりすぎではないか。

「バレたらがっかりしないか」

「いえ、太一にとっては、真っ黒い犬が、あの橋の上に現れるという、そのことが大切なんです。弁慶橋の上に現れた黒い犬は、無条件にクロなんです。お守りと一緒ですよ。信じることができるんです」

秀太は、いやに自信を持った言い方をした。

確かに、クロでなくてもいいのかもしれない。クロの身代わりが橋の上に帰ってきたと思ってくれればそれでいい。

平七郎もそう思った。

明六ツの鐘が鳴り始めた。

「よし……」

平七郎は頷いた。

昨夜のうちに、お愛には明の六ツ、橋の上に注意するように言ってある。

「では……」

秀太は平七郎に頷くと、鐘の鳴り終わるのを待って、

「おいクロ、頼むぞ」

橋の上にクロを置いて、押しやった。

クロはほんの少し歩いただけで立ち止まって振り返り、不安そうな顔でこちらを見た。

見慣れぬ橋の上に押しやられて、戸惑っているようである。

「行け、行け」

秀太が手で追いやるように言った時、クロはちょっと考える顔をして見せたが、やがて
とことこと、橋の中央に向かって歩き始めた。

首にかけた小さな袋を揺らしながら、耳の先が白い黒犬が行くその姿は、それだけで、
あまりに愛しげで胸があつくなった。

——太一が気づいてくれればいいが……。

祈るような気持ちで、クロの頼りなげなお尻の動くのを見送っていると、

「クロ……クロ！」

橋の向こうで太一の声がした。

「クロ！」

もう一度大きな太一の声が飛んで来た。

クロは一目散に太一の声に突進するように走って行った。

「クロ、クロ……」

朝霧の中に、クロを抱き上げた太一の嬉しそうな顔が見えた。

第三話　風が哭《な》く

一

「退《ど》きな……おい、退いてくれ」

水先案内人を買って出た新八《しんぱち》は、岡っ引気取りで往来する人の群れを掻《か》き分ける。

深川八幡に参詣する人の数は計り知れないほど多く、この門前町を東西に抜けている大路の馬場《ばば》通りも、まもなく七ツ（午後四時）だというのに、往来する人の衰えは知らぬ。

その賑《にぎ》わいの中を、新八は自分の案内でついて来る平七郎と秀太の二人を、まるで与力かお代官様のように扱っている。

「退け退け、北町の旦那だぜ。こちらは、黒鷹と呼ばれていなさるご立派なお役人様だ」

新八は得意げな視線を周囲に振りまく。

「おい待て、新八」

平七郎は新八の後ろ姿に呼びかけた。

新八は大工である。

腹掛けに粋《いき》な縞《しま》の着物を着込み、その上に『大工』の文字の入った紺の法被《はっぴ》を着けている。

「へい旦那」

勢いのいい返事と一緒に、興奮した顔が振り返った。

「黒鷹などと、よけいなことを申すでない」

「ですが旦那、本当のことじゃあござんせんか」

「今は橋廻りだ」

「てやんでェ、黒鷹にゃあ違えねえんだ」

「捕物が仕事ではない」

「これから捕物ですぜ。今からそこに向かってるんですぜ」

「新八」

「旦那、あっしの親父の話では、旦那はついこの間まで定町廻りでそう呼ばれてご活躍なさっていたというじゃありませんか。飛び込んだ番屋で出会った町方の旦那が、立花様とお聞きしやして、あっしはこの偶然を驚いて喜んでいるんでございやすよ。なにしろうちの親父は、大鷹と呼ばれた旦那のお父上様にはずいぶんお世話になったと、あっしは耳にタコができるほど聞かされておりやすからね。そのあっしが、大鷹のご子息の黒鷹に巡り合えたんですから」

新八は口達者な男だった。

憎《にく》めないが、これから行く先の捕物のことを考えると、少々間が抜けているのではないかと訝《いぶか》しく思われる。

「新八、お前は俺たちをどこに案内しようとしているのだ？」

平七郎は、厳しい顔をつくって聞いた。

「決まってるじゃないですか、捕物です。お尋ね者をお縄にしようってんで、ご案内してるんでさ。およばずながらあっしもお手伝いさせていただきやす」

新八は、岡っ引然として言った。

「新八、これじゃあ、今から捕物に行くぞ行くぞと言っているようなものじゃないか。相手に悟られては元も子もない」

秀太が苦い顔をつくって言った。

「それもそうで……すいません、一生に一度、お役人の下っ引として悪い奴等をやっつけてみたかったんで」

「お前には案内はして貰《もら》うが手出しは頼まぬ。怪我《けが》でもされたらこっちが困る」

「旦那、ちょこっとでいいんです。踏み込んだ時に『御用の者だ！　神妙にしろ』なんてね。あっしは一度でいい、やってみたかったんでございますよ」

「駄目だ駄目だ。言うことを聞かなかったら、捕物の邪魔をしたとしてしょっぴくぞ」

秀太が厳しく言った。

──冗談じゃない、俺だってつい最近になって、やっと平さんから捕物のいろはを教わっている身だ……。

秀太はそんな顔をして睨《にら》んだ。

「わかりやした。おっしゃる通りに」

新八は落胆の顔を見せたが、大通りから横町に入ると、すぐに神妙な顔になった。

「旦那……」

新八の目線の先に、『赤松屋《あかまつ》』の暖簾《のれん》がかかった古い旅籠《はたご》がみえた。

秀太は、懐《ふところ》から人相書き二枚を出した。

「間違いないだろうな」

赤茶けて古くなったその紙を、新八にもう一度確認させる。

最初に見せた人相書きには、丸顔で眉の濃い男が描かれていた。そしてもう一枚には、細面の顔につり上がった細い目が特徴の男が描かれている。

丸顔の男は木更津《きさらづ》の富蔵《とみぞう》と呼ばれる盗人だった。細い目の男は半助《はんすけ》という錺《かざり》職人である。

富蔵は一匹狼の盗人だったが、乱暴者で盗みに入った先の家の者が言うことを聞かない時には、容赦なく匕首《あいくち》で刺し殺すといった非道な盗人だった。

一方の半助は、博打《ばくち》で身を崩し、諏訪《すわ》町の賭場《とば》で喧嘩《けんか》の末に人を殺した前歴がある。

共に冷徹悪人ぶりは甲乙つけがたく、それがどこでどう結びついたのか、二人は一両小判の贋物を大量に造り、あちらこちらの店で使用した。

被害を受けた店は御府内に止まらず、近辺諸国や四宿をはじめ街道筋にまで広がっていた。

過去の罪も含めて被害の大きさに驚いた奉行所は、諸国に手配書を配って捜していたところであった。

だが、それも二年も前のことで慌ただしい江戸の町では、そんな人相書きもすっかり忘れ去られている。

ところがその男二人が、旅籠屋『赤松屋』に逗留《とうりゅう》しているというのである。

この日、平七郎と秀太は、新大橋《しんおお》の橋桁《はしげた》に船が衝突して壊れたために、秀太の実家である深川の材木商『相模屋《さがみ》』清左衛門《せいざえもん》に、その橋桁の修復を依頼しにやって来ていた。

通常定橋掛は、本所深川についてはお役目の外である。

本所深川には本所見廻り方という与力同心がいて、橋や川を管理していたから、平七郎と秀太が橋の見廻りで本所深川に立ち寄ることはない。

相模屋を訪ねるのは頼む修理がある時だけである。

秀太にすれば久し振りの里帰りということになり、よろこんだ秀太の母おきのは、半刻でも四半刻でも秀太を引き止めたいと思ったのか、八幡の門前に店を張る料理屋から、わざわざ仕出しを頼んで、平七郎と秀太を歓待した。

その帰路に、平七郎はふと昔を懐かしんで門前町の番屋に立ち寄ったのだが、そこに新八がお尋ね者の所在を通報しに飛び込んで来たのであった。

橋廻りの平七郎たちの出番となったのは、そういう理由からだった。

定町廻りに連絡したのち、緊急を要するために、平七郎自身が一足早く踏み込んで捕縛しようと考えたのだ。

人相書きを見た新八は、

「あっしのよく知っているお咲《さき》という娘が、やつらの部屋まで蕎麦《そば》やら寿司やらを運んで行った時に見ていますからね。間違いねえと存じますが……」

と言う。

「二階の一番奥だな」

「へい」

新八は、神妙に頷《うなず》いてみせた。

「相手は町人とはいえ、刃物を持っているのは間違いない」

平七郎は赤松屋の主《あるじ》に事を別《わ》けて話をし、お尋ね者が泊まっている部屋の隣室の者たちを、密かに階下に避難させた。

そうして新八は、二階に上る階段の下に待機させた。

「旦那、あっしはここで、宿の者を守ってみせやすから、どうぞご安心なすって……」

新八は階段下に置いてあった樫《かし》の木の杖《つえ》を、ぶんと振り回して肩に担ぐと、どかりと階段に腰を据えた。

「行くぞ」

平七郎は秀太と二人で、静かに階段を上って行った。

二階は片側が長い廊下になっていて、部屋は三つあった。

だが手前の二つの部屋の客は階下に降りているから、しんと静まりかえっている。

暮れ六ッの鐘がなり始めた。

その鐘の音を利用して、静かに廊下を渡っていく。

「おかしいな」

部屋の中から声がした。

畳を踏む音がして、

「おい、灯を入れてくれ」

丸顔の眉の濃い男が障子を開けて叫んだが、目の前に同心二人が近づいているのを知って、息を呑んだ。

「木更津の富蔵だな」

平七郎が推何《すいか》した途端、富蔵は部屋に向かって叫んだ。

「手入れだ！」

富蔵は叫びながら、懐《ふところ》の匕首を引き抜いていた。

部屋の中で慌ただしく動く気配がした。時をおかず富蔵に並んで目のつり上がった男が出て来て立った。

「そうか、お前が半助だな」

平七郎が言った。

「ふっ」

半助は口元にわずかな笑みを漏らした。だがその頬は青白く、暗くて鋭い目を持っていた。

半助は左手に細長い布袋をつかんでいたが、その口から刀の柄が見えた。

手にしているのは、明らかに大刀だった。

「北町奉行所の者である。神妙に縛《ばく》につけ！」

秀太が言った。

「しゃらくせえ」

富蔵が叫ぶ。

半助は袋をほうり投げるようにして刀を引き抜いた。同時にいったん部屋に駆け込んだと思うまもなく、隣の部屋に通じる襖《ふすま》を蹴破《けやぶ》って、平七郎たちの横手に回った。

「秀太、気をつけろ」

平七郎が言ったその時、横手から半助の刀が薙《な》いできた。

平七郎は素早く腰を落とすと、抜き突けた一瞬、半助の刀を擦《す》り上げて飛ばし、同時に左手を伸ばして半助の顔面に鉄拳を放っていた。

「うっ」

半助の呻《うめ》きが聞こえたのと同時に、

「わっ」

秀太の恐怖の声が聞こえてきた。

「大丈夫か」

半助の喉元に切っ先を突きつけて睨み据えたまま、秀太に聞いた。

「はい」

秀太は興奮した声を発し、廊下を階段に向かって駆け抜ける富蔵を追っていく。

「神妙にしろ」

平七郎は、半助の襟をつかんで引き上げると、鳩尾《みぞおち》に拳を振るって気絶させた。

そうしてすぐに富蔵と秀太の後を追って階下に下りた。

「秀太！」

秀太は階段下で足を斬られて蹲《うずくま》っていた。

「へ……平さん……」

秀太は顔をしかめて戸口を差した。

「うむ」

平七郎は戸口に走り出た。

すると、

「ぎゃ！」

という声がしたと思ったら、新八が富蔵を樫の木の杖で打ち据えていた。

「お手柄だったな、新八」

平七郎は、鼻血を出しながらも富蔵の腕をねじ上げた新八に労《いたわ》りの言葉をかけた。

「だ、旦那」

新八が興奮した顔を上げた時、

「町人、その者がお尋ね者か」

定町廻りの亀井市之進と工藤豊次郎が、それぞれ手下の岡っ引や捕物小者を従えて走って来た。

「もう一人は宿の二階だ」

平七郎が伝えると、二人はきまり悪そうな顔をしたが、すぐに連れてきた手下たちに言った。

「縛り上げろ」

二

「大村様、なぜこのような結末になるのかお話し頂けますか」

秀太は、定橋掛の詰め所で、上役の大村虎之助に憤然として言い立てた。

贋金《にせがね》づくりの二人組を捕まえて、奉行所は湧《わ》いた。

全国に手配した凶悪な犯罪人が、そうそう捕まるものではない。

贋金づくりの二人を捕まえることは、町奉行所だけではなくて、幕府も大いに関心をよせていた事柄である。

なにしろ贋金が大量に出回るということは、幕府の威信にかかわる重大な問題だったのである。

特に、勘定奉行もその責任を問われていた矢先の捕物で、このたびの思いがけない捕物には、町奉行、勘定奉行両人から、犯人捕縛に働きのあった者たちに、近く褒美《ほうび》が下されるということになった。

秀太はその噂を聞くや、橋廻りの報告に出仕したついでに、上役である大村に、二人の働きについての報奨の連絡はなかったかと聞いたのである。

すると大村は、大きな溜め息をつき、じっと秀太を見詰めた後、こう言ったのである。

「実際にやつらを捕縛したのは、お前たち二人だったということは誰でも知っている。だがな、縄をかけて奉行所まで引っ張って来たのは自分たちだと、定町廻りのあの二人が申し出たのだ」

「大村様、冗談じゃありませんよ、平さんと、私と、そして新八という大工がですね、宿に踏み込んでやっつけたのです」

秀太は胸を叩いた。

「そうだろうな……まっ、どれだけ褒美が出るか知らぬが、お前がそう目くじらを立てる程下されるとは思われぬ」

「私はそういうことを言っているのではございません。同心としての名誉にかかわる話ですから」

「うむ」

「この定橋掛が馬鹿にされてもよろしいのですか」

「わかったわかった。私からもお奉行に具申しておく」

「お願いします。私たちの働きは無視できないはずですよ」

頰を膨らませながらも、秀太はようやく口を閉じた。

実際、その後の取り調べで、二人が持ち歩いていた振分けには、ぎっしり小判や一分金、一朱金などが詰まっていたという。

常に日記帳を携帯していたらしく、それによると、贋金づくりはあろうことか、向嶋《むこうじま》の廃寺で真鍮《しんちゆう》に鍍金する方法で大量につくり、その金で旅をしながら博打《ばくち》に明け暮れていたらしい。

自白にともない向嶋の廃寺を調べたところ、贋金の工作の跡が見つかっている。

日記によれば、二人は自分たちが使うのは贋金で、交換したり釣りに貰った本物の金は溜めておくのだとあり、笑うに笑えない、みみっちいところもあったようだ。

また、昔とった杵柄《きねづか》というか、富蔵はたびたび宿泊先で盗みを働いていたらしい。赤松屋でも、二晩続けて二階に泊まっていた客の胴巻から、合計で二分二朱の金を盗んでいた。

同じ宿屋の客の金を盗む時には、大金は盗まない。大きな騒動になって役人に手入れされたら危ないから、一件につき一両以下、どこかで落としたかと錯覚させる金額で我慢する、などという心得もこと細かく日記に書いていたと聞く。

そんないかにも江戸っ子の興味を引きそうな話題とあいまって、今度は大捕物だったのだ。

「大村様……」

じっと二人のやりとりを側で聞いていた平七郎が、大村の顔を見定めて言った。

「私と秀太のことはともかく、通報し、道案内をし、木更津の富蔵を打ち据えた新八という男には、必ずご褒美を下されますよう、大村様から口添えを願いたいものです。捕物は衆人の面前で行われましたゆえ、いかなあの二人が主張しようとも、事実がどうか、見ていた者は大勢います」

「案ずるな、その者については、きっとご褒美が下されると聞いている」

「よしなに……」

平七郎はほっと胸をなで下ろした。

秀太が怒るのも無理はなかった。秀太は足に怪我を負っている。

あの時赤松屋の階段を先に下りた富蔵が、追いかけて階段をおりてきた秀太の足目がけて、振り向きざまに斬りつけてきたらしい。

秀太はそれを躱《かわ》したつもりのようだったが、右足ふくらはぎに傷を受けていた。

外科医にかかって五針も縫っている。

秀太は三日ほどは橋廻りを休んだが、手柄についての妙な噂を耳にして、じっとしていられなくなり、大村に報告の日の今日、町駕籠に乗って奉行所に出仕してきたのである。

実は平七郎の母の里絵《さとえ》でさえ、

「ご褒美を頂きましたら、お父上様に報告して、そのご褒美はいの一番にお供えしましょう」

などと嬉しそうに言っていた。

定橋掛は他の同心、例えば定町廻りなどから比べると決まった禄以外に入ってくる金は少ない。

平七郎の母でさえ褒美を待ち、浮き立つ気持ちを抑え切れないのもそこにあった。

そんな母に、褒美は自分たちには無いのだと伝えたら、どんなにか落胆するだろうと平七郎は思う。

「秀太、肩につかまれ」

平七郎は、廊下に出てすぐに、秀太に有無を言わせず、自分の肩に秀太の腕をまいた。

こつん、こつんと、不自由な足を引きずりながら、秀太がぽつりと言った。

「平さん、私はただ手柄を欲しくて言っているのではありません。離れて暮らしている母の胸に、ひとつでも安心の種をまいてやりたい、それだけなんです……」

「うむ」

「母ももう年ですから……」

しみじみと言った。

秀太の母は平七郎の母より十歳は年上だろう。

「そうだな」

平七郎も相槌を打ちながら、秀太の横顔を見た。

秀太は、はにかんでいた。

今まで見たこともない秀太の横顔だった。

「これは黒鷹の平七郎様でございやすか。お噂はかねがね……まさかうちの倅《せがれ》が、あの大鷹のご子息様のお供をさせていただくとは、こんなに嬉しいことはござんせん」

平七郎が立花だと名乗ると、落ち間で建具を削っていた初老の男が跳びはねるようにして近づいて来て、ばか丁寧《ていねい》に腰を折った。

仕事部屋の一角には、仕上がった建具や机や足台などが並べたり積み上げたりしていて、雑然とした感じがするが、白木《しらき》の新品の品が並んでいるのは壮快だった。

平七郎が訪ねたのは、黒江《くろえ》町の横丁にある仕舞屋《しもた》だった。

新八に会いに来たのだが、皆まで言う前に、

「お初にお目にかかりやす」

父親と思しき男に、先に話の主導を握られ、平七郎は面喰らった。

父親は懐かしそうな顔で言った。

「あっしは大鷹の旦那にお世話になったことのある弥兵衛《やへえ》と申しやす。若旦那はご存じございやせんでしょうが、ある時、あっしと数人の仲間が飲み屋でやくざに因縁をつけられ、袋叩きにされそうになったことがありやした。相手は人数も多く、匕首を持っておりやしたが、なあに、あっしだってちょいとした喧嘩《けんか》に負けるような男じゃござんせんよ。

しかしその時は酔ってもいたし、多勢に無勢、殺されるかも知れねえ……そう思った時、大鷹の旦那が現れやしてね、助けて下さったんでござんすよ。それ以後、この深川で捕物があった時には、あっしら仲間は、何をおいてもお父上様のお手伝いをしてえと願ったものでございやす。お父上様がお亡くなりになってからは、若旦那のご活躍を陰ながら応援しておりやした。へい、もうご推察かと存じやすが、あっしは新八のてて親でございやして」

と言う。立て板に水で、口を挟む間もない。平七郎は苦笑して家の中を見渡した。

家は仕舞屋で二階建てだった。階下は板間と落ち間の仕事場と台所で、部屋の壁際には様々な大工道具が並べてあり、床にはかんな屑《くず》や、おが屑などが散らばっていた。

土間に立つと、かすかに木の香りがする。新鮮な香りだった。

「親父さん、新八に話があるのだが、いるか」

「こりゃあどうも、ついおしゃべりが過ぎてしまいやしてすいません。旦那、生憎《あいにく》倅は出かけておりますが、もう帰って来るころでございやす。どうぞ、どうぞ狭いところでござんすが、おかけ下さいやして」

弥兵衛はそう言うと、自分がつくった足台を運んで来て、平七郎にそこに座れと勧め、二階の上がり口から上に向かって、

「おい、松吉《まつきち》、お客さんだ。一番上等の茶を入れてくれ」

大声を出して言いつけると、

「新八は長男ですが、下にまだ二人男がおりやして……」

女房は三人の男子を産んでくれたが、十年前に亡くなった。

以後は男手で大工仕事をしながら子育てをしてきたが、今ではみな一応一人前になり、大工の仕事ができるようになった。

それで自分は、外の仕事はやめて、こうして建具を作って倅たちの仕事を手助けしているのだと言った。

「新八はあっしの倅の中でも一番落ち着きがねえ。短気で喧嘩っぱやいのも、あっしに似ておりやして、早く嫁をもらってほしいと願っているんですが……」

そんな話をしながらも、弥兵衛は手を休めない。

板戸に釘を打つために口に釘を含んだところで、弥兵衛はおしゃべりをようやく止めた。

平七郎は手際のよいその手元を眺めながら、すぐそこの門前町の番屋に先ほど立ち寄った、その時の話を思い出していた。

その番屋は、先だって手配書のお尋ね者がいると言い、新八が飛び込んできた番屋であった。

町役人の喜左衛門《きざえもん》が、平七郎の姿を見るなり、

「良いところにおいで下さいました」

苦笑を口もとに浮かべて出迎えた。困惑気味の顔だった。

「何かあったのか」

「はい。昨夕のことでございます。お奉行所から新八にご褒美が下される、ついては、町役人とともにお奉行所に出向いて来るようにとお達しがございました。それでその旨を新八に伝えましたところ、新八は犯人捕縛のお褒《ほ》めの言葉は頂きたいが、賞金は自分ではなくお咲にあげてほしいと言い出しまして」

「お咲……お咲という女と捕物と、どういう関係があるのだ」

「お咲というのは、そこの蓬莱橋《ほうらいばし》の近く、八幡様の鳥居が見える場所にある寿司屋で働いている娘ですが、そのお咲が赤松屋にいたあの二人に、注文を受けていた寿司を届けに行って、それでお尋ね者だと気づいたのだと言うのです。それを心安い新八に告げた。だから新八がここに駆け込んで、旦那が捕縛に向かったと、まあそういう訳なんですが、新八の言うのには、あの二人は長逗留していたのに誰も気づかなかった。気づいたのはお咲一人だと申しましてね。一番の手柄はお咲だと、まあ、こう申しますのでございますよ」

お咲は、誰も見なくなって、店の板場の棚の上で埃を被っていた色のかわった手配書に気づき、それで確かめた後、

「新八さん、私は忙しくて番屋に行っていられないから、私の代わりにお願い……」

と新八に頼んだというのである。

「奥ゆかしい娘というんでしょうか、表に出たがる娘じゃございませんから……しかしそれでは心苦しい。そう言って新八さんは、お咲さんと一緒にお奉行様からお褒めの言葉をいただきたいと申しまして、はい」

「ほう、よい話ではないか」

「ところがです、立花様。お咲さんはその話を辞退してきたんでございます」

「何……」

「新八もあんな男ですから、はいそうですかと、自分一人の手柄には出来ねえ、そう言いましてね。話はややこしくなって参りまして」

立花様にご助言頂けましたらと、喜左衛門は助け船が現れたとばかりに、平七郎に頼むのであった。

「てめえ、どこまで行ってたんだ。旦那がお待ちだ」

弥兵衛の怒鳴るような声が聞こえたと思ったら、戸口に新八の姿があった。

「これは旦那、お待たせしちまったようで、すみません」

新八はぺこりと頭を下げたが、先日の元気はその顔からは消えていた。

「どうした新八、褒美のこと、お咲という娘と話がついたのか」

「旦那、ご存じでございやしたか」

「先程喜左衛門から聞いた」

「へい。それが、お咲ちゃん、ご褒美はいらない、とこう言うんでさ」

「いらないだと」

「へい、大金ですぜ。なんでも北町のお奉行様からが一両、勘定奉行様からが二両、あわせて三両ですぜ。そのご褒美もいらねえって言うんですから」

「ふむ」

「おめえ、お咲ちゃんに嫌われてるんじゃねえのか」

落ち間から、弥兵衛の声が飛んできた。

「おとっつぁん、何言うんだよ。そんなこと、ある筈《はず》がねえじゃないか」

新八は頬を膨らませて、上がり框《かまち》に腰をかけた。

「だったらいいけどよ。旦那、こいつは勝手に、お咲ちゃんと所帯を持つんだなんて言っておりやしてね。この家にも連れてきたことあるんですが、あっしの見るところによると、脈はねえと思ってるんですがね」

弥兵衛は案じている親の顔で言った。

「てやんでえ、そんなんじゃねえや」

新八は、何があったのか、腹をたてたまま帰ってきて、その鬱憤《うっぷん》を父親に晴らしているように見えた。

「その娘だが、何か事情でもあるのか」

「旦那、こいつがあんまりしつこく言うもんだから……おい、そうじゃねえのか新八。何ごともな、度が過ぎると嫌われるものなんだぜ」

「お咲ちゃん……」

新八が突然表を見て、立ち上がった。

「お咲？……」

平七郎が振り返ると、向かいの家の軒下に、唐桟織《とうざん》と思われる渋い黄の縞模様の着物に黒繻子《じゅず》の帯を締めた娘が、こちらを窺《うかが》っていた。

首の長い色白の娘だった。

だが、平七郎と目が合うと、娘は平七郎の視線から逃れるように小走りして去って行った。

「お咲ちゃん、待ってくれ」

新八は、娘の後を追って行く。

——なぜだ、なぜ俺を見て逃げた……。

平七郎の胸に、ふっとお咲という娘への不審が湧いた。

三

「母上、話があります。よろしいですか」

仏壇に手を合わせている里絵の背に、平七郎は改まった声で呼びかけた。

「あら、平七郎殿……なんでしょうか」

里絵は、振り返って膝を直すと、平七郎に向かい合うように座った。

「そのお顔の色は、いいお話ではございませんね」

「はっ、その、例の贋金づくりを捕縛した一件ですが」

「ああ、お手柄のお話でございますね。お奉行様からご褒美とお褒めの言葉を頂くという……」

「はい。そのつもりでおりましたが、ご褒美もお褒めの言葉も頂けぬことになりました。

糠《ぬか》喜びさせてしまって、お詫《わ》びします」

平七郎は、わざと淡々と告げた。

感情を交えて話しては、かえって里絵の落胆も大きくなると考えたからである。

すると里絵は、

「平七郎殿らしくもない。そんなお手柄ぐらい熨斗《のし》をつけて誰かにあげてしまいなさい」

けろりとして言った。

「母上……」

きょとんとして見返すと、

「平七郎殿、わたくしは、なにもかもわかっているのですよ。あなたのことは……」

「……」

「ご褒美を頂かなくても、お褒めのお言葉を頂戴しなくても、わたくしはお手柄は平七郎殿、そなたと平塚殿、そのように信じておりますよ」

「母上」

「この母に気をつかってくれるなんて……」

里絵は愛しむように見詰めてきた。

平七郎はその母の目を見て思い出した。

幼い頃に友達と喧嘩をして帰ってきた時に、傷ついた平七郎の手や膝小僧を、熱い湯にひたした手ぬぐいで拭ってくれたことを……。

喧嘩の原因は、若くて美しい義母里絵のことだった。

お前はあの母上のお乳を飲むのか、などとからかわれて、つかみ合いになった。

だから平七郎は喧嘩の原因を母里絵に話せなかった。

だがその時も里絵は、

「あなたを信じていますからね」

そう言いながら愛しい目で、平七郎に微笑《ほほえ》んだのであった。

あれから幾年月、歳月は流れて母は四十の坂を越えた。

しみじみとして里絵を見ると、里絵はくすくす笑って、

「お奉行様も、あなたのこと、褒めて下さいました。よくやっていると……」

と言うではないか。

「お奉行と会ったのですか」

またかと、ぎょっとして聞き返すと、

「何ですか、その目は。お茶会でお目にかかったのです。それもね、お奉行様の方から、わたくしにお声をかけて下さったのですよ」

得意げに言った。

「他に何か……」

「相変わらずお若いと」

「お奉行がそんなことを」

「はい」

里絵は、楽しそうにころころと笑った。

——まったく……。

平七郎は舌打ちしたが、すぐに、平七郎の気持ちを慮《おもんぱか》ってのことだと察した。

——母は母なりに、気をつかってくれている。

里絵の心が嬉しかった。

面映《おもは》ゆい気持ちで見返した時、廊下に足音がして、下男の又平《またへい》が廊下で跪《ひざまず》いた。

「平七郎様、おこうさんがお見えになっています。玄関先です」

「又平、風が出ています。外は寒いのではありませんか。おこうさんには上にあがって頂きなさい」

里絵が言った。

「はい、私もそのように申したのですが、平七郎様に一緒に行って頂きたいところがあるとかおっしゃって」

「わかった、すぐに行く」

平七郎が膝を起こすと、

「お待ちなさい」

里絵は奥の部屋に足早に入って行くと、両手に大事そうに載せてきたものがある。

「これを首に巻いていきなさい。縮緬《ちりめん》ですから暖かいですよ」

襟巻《えりまき》のようである。

里絵は、平七郎の前に袷《あわせ》に縫った柔らかそうな襟巻を置いた。

「これを……母上が縫って下さったのですか」

平七郎は、襟巻を取り上げて里絵を見た。

「ええ。日本橋の呉服屋さんでこの色を見つけましてね、御召御納戸《おめしおなんど》というのだそうですが、あなたにきっと似合うと思って」

「これはいい」

感心しながら首に巻くと、襟巻の端っこに『平』の文字が見えた。

――俺の名か……。

手にとって確かめる。やはりそのようだった。

「どこかに置き忘れてきたりした時の目印ですよ」

里絵は言った。

平七郎は内心恥ずかしかった。

「平七郎殿、気にいって頂けましたか」

里絵が覗きこむような顔をして聞いてきた時には、思わず、

「はい、さっそく……」

嬉しそうな顔をしてみせた。


「日が暮れないうちにと思います。歩きながらお話しします」

おこうに促《うなが》されて役宅の外に出ると、辰吉も待ち構えていた。

「どうもおかしな雲行きになってきましてね」

辰吉は渋い顔をして平七郎の横に並んだ。

「新八のことだな」

「へい」

辰吉の横顔は神妙だった。

「よし、話を聞こう」

平七郎は、おこうと辰吉を従えて、深川に向かいながらおこうの話に耳を傾けた。

二人組の贋金づくりが捕まった噂は、あっという間に江戸中に広がっていた。

特におこうは、二人組が赤松屋に宿泊しているのに気づいたお咲に興味を持った。

そこでおこうは、平七郎から助言を貰って新八にまず会った。

お咲が二人組の一件で、かたくなに褒美を辞退したことを、平七郎から聞いたからである。

おこうは、二人揃《そろ》ってお手柄を立てた時の話を聞きたいと申し入れたのである。

はたして新八は大乗り気だった。

丁度お咲とぎくしゃくしていた新八は、今度こそはと勇んでお咲の店におこうを案内してくれた。

お咲は蓬萊橋近くの寿司屋『ゑびす』の住込みの女中だった。

ゑびすは店構えは小さいが、八幡様の鳥居近くにあることから、大変な賑わいを見せていた。

新八は、勝手口から入って行って、お咲を呼んできた。

だがお咲は、おこうの話を最後まで聞かないうちに、にべもなく断ったのである。

一見か弱そうに見えるお咲だが、誰にどう言われても、人のいう通りにはしません……

そう言っているようにおこうには見えた。

「どうしてだい、お咲ちゃん、人がかわっちまったみたいじゃねえか。俺にも言えねえ何かがあるのかい」

「私、お仕事がありますから」

お咲は新八の問いかけにも耳を貸さず、店の中に引き返そうとした。

そのお咲の腕を、新八はぐいとつかんだ。

「待てよ、何が気に食わないのか言ってくれよ。読売を連れてきたことがそんなに嫌なのかい。それとも俺と一緒に読売に載るのが嫌なのかい」

「新八さん……」

お咲はちらりと、おこうに視線を走らせたが、押し黙る。

「いいじゃないか、皆に二人の仲が知れたって、いずれ近いうちに一緒になろうと約束してた仲じゃねえか」

新八のその言葉に、お咲は一瞬顔をこわ張らせた。

「お咲ちゃん、そうだろう」

「すみません、そのことなら改めて……忙しいので失礼します」

お咲は新八の腕を振り切って、そそくさと店の奥に消えた。

新八が呆然として見送ったのはいうまでもない。

おこうはいったん通油町《とおりあぶら》の店に戻ったものの、

――お咲には人にいえない事情があるのではないか……。

俄《にわか》にお咲の言動が気になった。いや、ずっと心のどこかにひっかかっていたのである。

仕事の上でも、おこうの気持ちの上でも、それが何なのか確かめなければ、このままやり過ごすことは出来ないと思った。

すぐに辰吉を門前仲町にやって、お咲を見張らせた。

「旦那、それが昨日の話なんですが、今日になって、お咲は暦《こよみ》売りに脅《おど》されていることがわかったんです」

辰吉は足を止めて、意外なことを言った。

「暦売りだと……」

平七郎も足を止めて聞き返した。

「へい」

辰吉は頷いた後、ゆっくり歩きながら、その意外な出来事を話し始めたのである。

師走《しわす》に入ると、江戸の町筋はいっそう賑やかになる。

特に深川八幡では、境内に、正月用のしめ縄や松飾りや様々な店が出る。客は深川近辺だけではないから大変な人出でごった返している。

お咲も今日の昼頃、店の女将にでも言いつけられたのか、境内でしめ縄を選んでいた。そこへ突然暦売りが近づいて、お咲を八幡様の境内にある小さなお堂の前に引き入れたのである。

お咲は、辰吉と面識がない。

辰吉は参拝者のようなふりをして側を過ぎ、すいと堂の後ろにへばりついた。

すると、その時、暦売りの声が聞こえて来た。

「おめえがシラを切るからよ、俺も人違いかと思って考えたんだが、やっぱりおめえは、伊勢《いせ》国の桑野《くわの》藩の者だな」

暦売りはいきなりお咲を問い詰めるように言ったのである。

「桑野藩の城下に『松屋《まつや》』という呉服屋があったんだが、この間も言ったように、あんたはそこの女中をしていた……松屋の娘つきの女中だったよな」

「知りませんと言ったでしょ」

お咲は否定した。だがその声が震えていることは、後ろで聞いている辰吉にもよくわかった。

「いいや、そうだ。俺は二人が町を歩いているのを何度も見てるんだぜ。間違いねえやな。あんたがあの店の五十両という大金を盗んで逃げた女中だ」

「人違いです」

「人違いというのなら、藩庁にあっしと一緒に出向くかい。そこで白黒はっきりさせようじゃねえか」

「……」

「いいか、あんたは松屋から訴えられているぜ。つまりお尋ね者だ。捕まれば命はねえ」

「……」

「それを、同郷のよしみで黙っててやろうって言ってるんだ。そのかわり、おめえ、俺となにだ。俺もこの江戸で寂しく暮らしているからよ。わかるだろ……」

お咲は、真っ青な顔で暦売りを見返した。

「お断りします。どこにでも訴えればいいでしょ」

「ふん。まっ、そのうちにな……また来るからよ、考えておいてくれ……いいか、何度でも来るぜ」

男は卑猥《ひわい》な目で、お咲の体を嘗《な》め回すように眺めると、ふっと笑って人込みの中に消えたのである。

辰吉はそこまで話すと、

「旦那、そういう訳でございまして」

ちらりと平七郎に視線を投げた。

「ふむ」

「じゃ、あっしはここで、お咲に張りつきやすから……」

辰吉はおこうに頷くと、馬場通りを東に向かっていった。

「平七郎様」

おこうは辰吉を見送ると、平七郎を促して蛤《はまぐり》町に入り、

「新八さんは、どうやらお咲さんのそんな事情は知らないようで、袖《そで》にされたのなんのと仕事もせずに……見て下さい」

おこうは飲み屋の前で言い、暖簾をくぐった。

おこうの後から平七郎も飲み屋に入るが、その目に飛び込んできたのは、酔っ払った新八の姿だった。

「親父、酒だ。けちけちするんじゃねえ、どんどん持ってこいって」

新八は銚子を高く掲げて怒鳴っていた。

胸ははだけて、首も顔も真っ赤だった。

「あの馬鹿」

平七郎は、つかつかと歩み寄ると、その銚子を乱暴に奪って、怒鳴りつけた。

「止めろ。いい加減にしろ」

「旦那……」

「こんなところで管巻《くだ》いてていいのか」

「ほっといてくれ。旦那、あっしはお咲に袖にされちまったんですぜ。あれほどその気にさせておいて、それを一方的に……なんにも訳言わねえで……俺はコケにされたんだ。酒でも飲まなきゃ、やってられねえ」

新八は唾を飛ばし、両手を振り回して訴えた。

平七郎は、新八の向かい側に静かに座った。

「新八、仕事はどうしたのだ」

「旦那、今言ったろ。仕事どころじゃねえって」

「馬鹿……見損なったぞ、新八」

「……」

「お前たち兄弟を、男手ひとつで育てた親父さんのことを考えろ」

「考えてますよ。だからこそ我慢できねえんで」

「どういう事だ」

「旦那、お咲ちゃんがあっしと一緒になってくれたらと、そりゃあもう、親父も弟たちも、みんなその時を待ってるんですから、それをお咲ちゃんは、約束は忘れてくれなどと言うんだ」

「お咲に事情があるかもしれんじゃないか」

「どんな……旦那、どんな事情があるんです?」

新八は、挑戦的な目で見詰めてきた。

「ほら、言えねえじゃござんせんか。お咲ちゃんにも訳を言ってくれって詰め寄ったんだ。そしたら、今年いっぱい待ってくれ、ある人と交わした約束があるって」

「誰だそのある人とは」

「肝心なことは言わねえんで……江戸に出てきて今年で二年になるが、この年の師走《しわす》には、ある人が朗報を持ってきてくれることになっている。そうなれば私は自由になる、そしたら、新八さんとのことだって……そんな訳のわからねえことばっかり並べて、あっしを騙《だま》そうってんですよ」

「二年目の約束か……」

平七郎は、おこうと顔を見合わせた。

「へい、何かは知りやせんが、それだったらですよ、旦那……こっちだって、所帯を持つ約束だけでもしてくれたらいいじゃねえかと、そうでしょ旦那……お咲ちゃんは、どうかしてる」

「ふむ……新八、そういうことなら信じて待ってやれ」

「旦那……」

「黙って待ってやることも、愛情じゃないのか」

「……」

「いいな新八」

平七郎は、念を押した。

四

「私が善七《ぜんしち》でございますが」

石町《こくちょう》の呉服商『伊勢屋《いせや》』の番頭が、平七郎とおこうが待つ蕎麦屋の二階に現れたのは、昼の八ツ頃だった。

「俺はおまえが、深川八幡にあるゑびすで働くお咲という娘の請人だと聞いてきたのだが、間違いないか」

平七郎は、自身が北町の定橋掛だということも告げて、このたびのお尋ね者捕縛に纏《まつ》わるお咲の態度、それを裏づけるような暦売りの脅迫の話など掻《か》い摘《つ》まんで話し、なぜそういう態度をお咲がとるのか、知っていることがあれば真実を正直に述べるようにと言った。

むろんそれは、お咲が将来を約束している新八とのこれからを案じてのことだということもつけ加えた。

「恐れいります」

善七は、じっとして聞き終わると、神妙に頭を下げた。

「おっしゃる通り、お咲さんは伊勢国の人間です。城下の呉服商松屋さんの奥むきの女中をしておりました。事情があってこの私が江戸に連れて参りまして、知り合いのゑびすさんにお願いしたのですが……話は二年前にさかのぼります……」

善七は、膝を整え直して話し始めた。

丁度二年前の冬のこと、善七は伊勢国に商用で滞在していた。

善七自身も伊勢の生まれであることから、城下町にある松屋の主庄兵衛《しようべえ》とは昵懇《じつこん》の中であった。

庄兵衛の一人娘お美津《みつ》も幼い頃からよく知っていた。

お美津は、気が強いが、美しい娘である。

そしてこのお美津つきの女中として奉公していたのがお咲だった。

お咲はお美津とは対照的に、金も身よりも何もない娘である。十歳のころ、津波に遭《あ》い、父も母も、肉親の全てを失っていた。

以後は領内の名主や商家の女中や下働きをして成長するのだが、十七歳の年の夏祭りで、素性不明の娘と侮《あなど》られて、町の若者たちに暴行されそうになった。

そのお咲を通りがかりのお美津が救ったことで、お咲は松屋に奉公するようになったのである。

奉公といってもお美津の気に入りで、まるで姉妹のようにお咲はお美津に可愛がってもらっていた。

「善七の小父《おじ》様、このお咲ちゃんは妹のような気がして、私たち、姉妹のちぎりのげんまんをしたんですよ」

松屋を訪ねた善七に、お美津はそんな言い方で、お咲を紹介したことがあった。

お美津がそうならお咲もそうで、お美津を命の恩人と敬い仕えて、お美津にべったりつき従っていた。

まれにみる美しい光景だと、善七も思ったし、お美津の父親庄兵衛も、いい娘に巡り合えたものです、などと喜んでいた。

庄兵衛の女房はとうに亡くなっていたから、お美津の心の拠《よ》り所ができたのを、喜んでいた。

ところがお美津は、父親には内緒で、藩士の林格之進《はやしかくのしん》なるお武家に恋心を抱いていた。

格之進は勘定奉行配下の者で、城下町では大店《おおだな》の一つだった松屋に藩として借金を申し込む際に、上役に従って何度も松屋を訪れていた。

それが縁で、お美津と心を通わせるようになったのだが、ある日のこと、格之進はお美津に個人的な借金を申し込んできた。

帳簿上に穴を空けた。五十両近い金額だが、とりあえず穴埋めしておかないと自分の家は改易だと、泣きついたのである。

いくら大店の娘と言っても、五十両の大金を、おいそれと人に貸せる筈がない。

父の庄兵衛は、京に出向いて留守だった。

今すぐに欲しいと格之進から言われたお美津は、金箱から五十両を抜き取って格之進に渡したのである。

まもなく父の庄兵衛が京から戻る。五十両なくなっていることもすぐに気づくだろう。

お美津はまもなく、自分の行いに怯《おび》えるようになった。

それを見ていたお咲が、

「私が罪をかぶって国を出ます」

そう言ってお美津に申し入れたのである。

善後策も浮かばないお美津は、この申し出を受けた。

そしてお美津は、当時城下にいた善七に、お咲を江戸に連れて行ってほしいと頼んだのである。

つまりお咲は、お美津の罪をかぶる形で江戸に出て来たのであった。

そのお咲の心の拠り所は、町外れまで見送ってくれたお美津の最後の言葉だった。

その時お美津は、お咲の手を両手で包んで言ったのである。

「格之進様は将来を約束されたお方です。お咲、お前には苦労をかけるけど、長くて二年、きっと持ち出したお金をもとに戻して父に詫《わ》び、お前を迎えに行きますからね。きっとですよ、約束します。だからそれまで辛抱しておくれ」

お咲はずっと、お美津のその言葉を信じて待っているのだという。

「約束の期限がこの年の暮れです」

「するとお咲は、無実にもかかわらず、ずっと追っ手に怯えて暮らしてきたということだな」

「さようでございます。昨年もそうでしたが、お咲さんは師走の頃になりますと、蓬萊橋の上から西の空を仰いで迎えを待っているのです。冷たい風に吹かれようと、雪に降られようと、お咲さんは暇《ひま》さえあれば蓬萊橋に立つのです……まことに、お気の毒としか言い様がございません」

善七は暗い顔で吐息をついた。

「善七さん、でも今年は約束の二年目でしょ。お美津さんがお咲さんを迎えに来るのでしょう」

おこうが聞いた。

「いや、来ないでしょう。来ることは出来ないと存じます」

「なぜ……」

「お美津さん自身が追われる身になっているのです」

「何……どういうことだ」

平七郎も、驚いて聞いた。

「詳しいことは存じませんが、庄兵衛さんが藩に密かに訴え出たのでございます。今年の初めのことですから、もうかれこれ一年近くになりますが、お美津さんは百両ものお金を持って、格之進様と国を出奔《しゅっぽん》したのでございます」

「なんてことを……じゃあ、お咲さんはどうなるのでしょう」

おこうは怒っていた。

「いくら待っても、救われないなんて……」

感情が高ぶって涙ぐむ。

善七は、大きな溜め息をついて言った。

「まさか、自分も浪々の身になるとは、お美津さんも思っていなかったと思います」

「しかし、呆《あき》れた二人だな」

「確かにこれでは、お咲さんの犠牲は無に等しい、なんにもならなかったということです。でも私は、あのお咲さんに、そんな可哀そうなことはとても言えません。ただ……」

善七は、そこで言葉を切った。

「ただ……」

おこうが息を呑むようにして聞き返す。

「いや、人違いかもしれませんが」

「何だ、話してくれ」

「柳橋《やなぎばし》の料亭で、ちらっとお美津さんによく似た人を見たんです」

「お美津がこの江戸にいるというのか」

「ただその人は芸者でしたからね、三味線を抱えていましたから……まさかとは思うのですが」

「何という店だ」

「花菱《はなびし》という料亭です」

「私、捜してみます。お美津さんの顔の特徴教えて下さい。もしもその芸者さんがお美津さんなら、ご自分のことはともかく、お咲さんの心と体を解放してやってほしい。そう言いたい、そうでしょ、平七郎様」

おこうは言った。


――この橋の上に立つのは、これで最後にしよう。いえ、今日でおしまいに……。

お咲は、蓬萊橋に立って考えていた。

蓬萊橋は永代寺門前の通りと佃町《つくだ》を結ぶ、二十間川《にじゅっけん》に架かっている橋である。長さは十六間、幅は一間ほどだと、奉公しているゑびすの板前から聞いている。

橋の北側には、お咲たちが住む門前町があり、橋を渡って向こう岸の南側には佃町があり、そこにはあひると呼ばれる岡場所がある。

橋の南側土手は幅五間もあり、岡場所はその向こうに軒を連ねているのだが、大黒屋《だいこく》さん、武蔵《むさし》屋さん、大塚《おおつか》屋さんなど十数軒の女郎屋がある。

お寿司の配達に時々この蓬莱橋を渡ってそれらの岡場所に行くから、そこがいったいどういうところなのか、お咲にはわかっていた。

――あそこで働いている人たちは、すくなくても私より不仕合わせな人たちだ。

男の人を相手にして懸命に生きているその人たちを見るにつけ、お咲は女はなんと哀しい生き物だろうと思うのである。

岡場所の女たちに比べれば、両親も親戚もなにもかも失ったにしても、まだ自分は恵まれているとお咲は思うのである。

――そう、お美津お嬢様のお陰……お美津お嬢様に会ったことが、私の運命を決めた……。

お咲は、お美津の心根が優しいことをよく知っていた。

それは、お美津に巡り合うまでに奉公した先の、お嬢さんやぼっちゃんのわがままで冷たかったことを知っているからである。

松屋には、お美津の上に兄の吉太郎《きちたろう》がいたが、娘はお美津が一人、わがままに育っていても不思議はないのに、お美津はお咲のことを妹のように可愛がってくれたのである。

そのお嬢様の窮地を救うために、自分は店のお金を盗んだという汚名を着て江戸に逃げてきた。

もう二年が経つ。お美津との約束の期限はこの師走で切れる。

でもお咲は近頃、お美津お嬢様はもう迎えには来てくれないのではないかと考えるようになった。

哀しいが微かなその不安が現実となったのは、あの暦売りの話を聞いてからだった。

暦売りは、もう松屋にお嬢様の姿はない、なにがあったのか家を出て行方知れずだと、お咲に言った。

はじめは半信半疑だったのだが、そういう話ならお美津が迎えにこないのも納得が行くと思った。

――お美津お嬢様の身の上にも、のっぴきならない事情ができたのだ。

そんなお美津を待ち続けることは、お美津を苦しめることになりはしないかと、お咲はそんな心配をしているのだった。

それともう一つ、あの暦売りが言っていた言葉が気になっていた。

暦売りは浅草寺《せんそう》の境内で、お美津お嬢様そっくりの人に会ったというのだった。

その人は芸者で、どこかの恰幅《かっぷく》のいい商人と連れ立っていたようだが、

「おめえが俺のいうことを聞かねえと、そうさなあ、あの、松屋の娘を捜し出して、今度

は向こうを脅してやるか……本気だぜ、俺は嘘は言わねえ」

そんな脅しをかけてきた。

今度あいつが来たら殺してやる……どうせ自分は追われる身だ。

お咲は呆然とそんなことを考えながら、橋の上から川の流れに視線を置いた。

川の色は黒かった。冬の色をしていた。

突然冷たい風が、川筋を上って吹いてきた。

師走の風だった。

昨年もこの風を体に受けて、ここで佇《たたず》んでいた。

お咲の目から大粒の涙が零《こぼ》れ出る。

もう私は、お美津に忘れられたかもしれないと思う一方で、お美津を深く慕っている自分がいる。その狭間で揺れる切ない思い——。

「お咲だな、風邪をひくぞ」

呼ばれて振り向くと、あの捕物の折に会った立花とかいう同心が立っていた。

「お役人様……」

お咲はすばやく涙をぬぐった。

「ここで何をしているのだ」

「……」

「松屋の娘、お美津を待っているのか」

お咲は驚いた顔を上げた。

「善七も心を痛めていたぞ」

「善七さんが……」

お咲は絶句した。

何もかも知られてしまったのかという狼狽《ろうばい》がありありと見えた。

「俺はお前がなぜ、人前に出たがらないのか不思議に思って調べていくうちに、善七から二年前の話を聞いた。善七の話に間違いがないのなら、お前は無実だ。びくびくして暮らすことはない」

「……」

「松屋庄兵衛に本当のことを話せばすむことだ」

「いえ、それは……そんなことをしたらお美津お嬢様が叱《しか》られます」

お咲は慌ててつけ足した。

「旦那様は、たとえ娘でも、勝手にお金を持ち出したとなれば、放ってはおきません。親子の縁さえ切ろうとするかもしれません。そういうことには、とても厳しいひとなのです」

「では待つのか、お美津が現れるのを」

「拾って頂いたご恩があります」

「新八とのことはどうするのだ」

「……」

お咲の頬に、哀しみが走り抜けた。

お咲にお美津のその後を話してやれば、このお咲を縛りつけているものから無理矢理にでも解き放ってやることが出来るかも知れない。しかし、それではお咲は本当の意味で救われたことにはならないだろう。

お咲をこの場所から心身共に解放できるのは、お美津以外にはないことを、平七郎はお咲の横顔に見た。表情を殺した頬に、強い決意を見たからである。

とはいえ、お咲の心の片隅には一抹の不安がへばりついている筈だった。

俯《うつむ》いたお咲の白いうなじに、零れた黒髪が頼りなげに風に揺れている。

平七郎はちらとその襟足に目を遣《や》りながら、静かに言った。

「新八が案じている。そのことだけは忘れるな」

五

「旦那、買うのか買わねえのか、はっきりしてくんない」

額に鉢巻きを巻いた親父は、茶碗を手にして思案にくれている平七郎に、下から顔色を覗くようにして言った。

風が強く、おまけに今にも小雨が落ちてきそうである。

寒い日だった。

親父の言葉が、白い息になって消えていく。

「そうだな……」

平七郎は、溜め息をついて、手にある茶碗を下に戻した。

これでこの茶碗を取り上げたり置いたりしたのは三度になる。

品物は清水《きよみず》焼の飯茶碗で、落ち着いた焦《こ》げ茶の地色に薄い桃色の桜の花びらが、枝から十数枚散っているところが描かれていた。

平七郎は、この出店の前を通るたびに、母の里絵が喜ぶのではないかと思って手にとるのだが、その値段のいいのに臆《おく》して、決め兼ねていた。

「旦那、年に一度の陶器市ですぜ。掘り出し物ですぜ。こういう時に買わなくちゃあ、いい物を安くね。普段この品は、こんな場所に並べておくような品じゃないんだから」

親父は陶器市の買い得の品だということを強調した。

京の清水坂で全国の陶器市が始まったと聞いてまもない頃から、江戸のこの八幡様の門前町を走り抜ける大通りでも、数年前から京に負けない、いや、それ以上の規模の陶器市が開かれていた。

期間は師走に入ってすぐの十日あまり、馬場通りから参道にむけて、出店の数は数え切れない。

なにしろ、こここそ、全国からこの師走の市めざして陶器の商人たちがやってくるのである。

間口が一間《いっけん》ほどの店は、品物を守るために、店の後ろに掛け茶屋のような小屋を建て、ここで煮炊きをしながら陶器を売るのである。

平七郎もいつだったか、丁度この陶器市をぶらぶら見てまわったことがあったが、こんなにじっくり手にとって眺め回したのは初めてだった。

他でもない、お咲の動向が気になって、ゑびすの店と蓬莱橋が望めるこの場所で、張り込んでいたのである。

折よく橋廻りはこの月は南である。

足を怪我した秀太も養生専一で、平七郎は読売屋のおこうと辰吉と協力して、なんとかお咲の抱える問題を解決できないものかと考えていたのである。

お咲は相変わらずよく働いている。

朝はいの一番に外を掃《は》き、水を打ち、玄関先には盛り塩をして暖簾をかける。

昼近くになって、八幡様の参拝客が入って来るようになると、外から覗いたかぎり、お咲は明るい声を張り上げて、客の応対をしているのであった。

一見したかぎり、あれほど重たくて苦しい事情を抱えているとは、露わからない。

笑顔を絶やさないし、返事は元気で明るいし、きびきびと動くし、その表情や動きを見るかぎり、心に悩みを持っているなどと誰も気づかないだろうと思う。

――若いのに、見事な生きざまだな。

平七郎は感心していた。

それだけお咲は、人生の辛酸を舐《な》めてきたということか。

お咲を知れば知るほど、新八と幸せになって貰いたいものだと思った。

ただ、何かを決心したのか、昨日も今日も、お咲は蓬莱橋に立つことはなかった。

橋の南にある佃町に出前に行ったが、蓬莱橋の上で一度も立ち止まらなかった。

──そうか、ひょっとしてお咲は、お美津が迎えに来てくれるかもしれないという夢を捨てたのかもしれない。

平七郎はそう思った。

皮肉なことだった。

蓬萊橋の蓬萊とは、不老不死のめでたい神山のことをいい、いわば夢の世界を表す言葉ではないか。

そんな名の橋に、夢と望みを抱いて立ち尽くしていたお咲は、今はもうなにもかも諦めたというのだろうか。

この二日、平七郎はお咲の動向を見守りながら、そんなことを考えていた。

今日一日張りついて何の動きもなかったら、後は辰吉に張らせるしかあるまい……。

「いけねえ、雨が降ってきやがった。旦那、決めておくんなさい」

親父がせっつく。

「親父、これをひとつくれ。いくらだ」

平七郎は、小雨に急《せ》かされるように先程の茶碗を取り上げ、親父にその値段を聞いた。

「へい、ありがとうございます。百二十文いただきやす」

「高いな、八十文ではどうだ」

「旦那、あっしは、わざわざ京からやってきてるんですぜ」

親父はそう言うが、言葉にほんの少しの上方なまりも窺《うかが》えない。

「では百文だな」

「ちっ、しょうがねえなあ。わかりやした。百文」

親父も雨にせっつかれるように声を張り上げた。

平七郎は懐の財布から百文を親父に渡すと、手ぬぐいに丁寧に買った茶碗を包み、懐に忍ばせると、近くの蕎麦屋の軒下に走った。

――雨にまで降られては、さて、今日は引き上げるか。

ふっと蓬莱橋に目を遣った。

思わず声を出しそうになった。

蓬莱橋に、妙齢の女が立ったのである。

女は傘を差していた。

傘は紫の蛇の目の傘で、女は二十間川の川面を眺めて誰かを待っているように見えた。

だがその女は、誰を待つわけでもなく、体は川面に向いているものの、傘の中に隠れたその顔は、じいっとゑびすの店先に向いているのが、僅《わず》かな体のねじりで、平七郎には察しがついた。

――誰だ……もしかしてお美津か……。

平七郎は雨宿りをしているふりをしながら、神経は橋の上の女を見守っていた。

女は深く傘をかぶっていて、その顔はよく見えなかった。

着ている着物は江戸小紋、立ち居姿も芸者のものではなかった。

善七や暦売りがお美津に似た女を見ているが、その女は芸者だったと聞いている。

視線の先の、小雨にけむる蓬莱橋に立っている女は、色気はあるが芸者のものではないと思った。

いずれにしても、見逃すわけにはいかぬ。

平七郎は腕を組んだ。

女は四半刻（約三十分）もそうしていただろうか。

ゐびすから女の子を連れた女客を見送ってお咲が出てきた。

お咲は手に傘を持っている。

――女は……。

平七郎が蓬莱橋の女に目を遣ると、女は傘を傾け、背伸びするように見入っている。

「ありがとうございました」

お咲が明るい声で言い、傘を開いて女客に手渡した。

女客は丁寧に礼を述べると、子の手をひいて帰って行った。

お咲はまた忙しそうに店の中に消えた。

――やはりあの女、お美津かもしれぬ。

蓬莱橋に足を踏み出そうとしたその時、

「平さん……」

辰吉が羽織を頭からかぶって走って来た。

女も橋を下りて馬場道に出た。西に向かって逃げるように帰って行く。

「いいところに来た。辰吉、おまえはお咲を見張れ。あの妙な暦売りがきたら、脅して帰せ、お咲に二度と近づかぬように言うのだ」

「承知しました」

辰吉が相槌を打つのを見て、平七郎は女の後を追った。

「ただいま帰りました」

女が入って行ったのは、薬研堀不動尊の横を入った横丁に建つ仕舞屋だった。

間口が一間半ほどのこぢんまりした、いわゆる横丁の家である。

軒に『三味線師匠』の札が風に舞っていた。

女が閉めた格子戸の前で、

――さて、これからどうするか。

家の主を調べる思案をしていると、家の中が俄に騒々しくなった。

男女の諍《いさか》うような声がしたと思ったら、浪人者らしき男が玄関の戸を荒々しく開けて出て来た。

「格之進様……」

奥から声がする。

――格之進だと……。

平七郎は驚愕《きょうがく》して、出てきた男の顔を見た。

彫りの深い端整な顔立ちの男だったが、どことなく退廃的な雰囲気を纏《まと》った男だった。

男は玄関先に立っていた平七郎を見て、一瞬ぎょっとした顔をしてみせたが、険《けわ》しい視線を投げ、急いで外に出て行った。

その後ろ姿を見送ってから、

「ごめん」

平七郎はおとないを入れた。

「はい」

小さな声がして、女が出てきた。

女も平七郎の姿を見るや、一瞬息を呑んだが、すぐに平然として膝を揃えてそこに座った。

「三味線のお稽古でございますか」

女は白い顔を上げて言った。

女も目鼻だちのはっきりした人で、特に涼しげな目元が印象的な美人だった。

「つかぬことをお尋ねするが、そなたは松屋の娘お美津だな」

単刀直入に聞いた。

「あっ」

小さく驚きの声を上げると、女は猫に睨まれた鼠のように、顎を襟の中に押し隠すように俯いた。

「見ての通り俺は北町の者だが、お役目は橋廻りだ。捕物でここに来たのではない。お咲の件で参ったのだが……」

平七郎はそう言うと、掻い摘まんで今までの経緯《いきさつ》を話し、お咲は健気《けなげ》にもお美津を信じて迎えに来るのを待っているのだと告げた。

「お咲ちゃん……ごめんなさい」

お美津はそこに泣き崩れた。

「善七も案じている。いったい何があったのだ。なぜお咲を放っておくのだ」

平七郎は、厳しい口調で問いただした。

「申し訳ないと思っています」

「先程出て行ったのは格之進、あの男との暮らしを選んだ。そのためにお咲は切り捨てた、そういうわけだな」

「いえ……端《はな》からそういうつもりはございませんでした。私は頃合を見てお咲を迎えに行くつもりでした。でも……」

「でも何だ」

「思いがけない事態があの後降り懸かって参りまして……」

お美津の話によれば、お咲が江戸に出てから一年後、格之進はまたもお美津に金の無心をしたのである。

しかも今度の額は前回の倍の百両だった。

「何のためです。格之進様にもお話しした通り、私はお咲を迎えに行ってやらなければなりません。本当にあなたがご政務のことで必要なお金なら、ことを別けて父に話して下さいませ。私には百両もの大金はとても無理です」

お美津はこの時になって、はじめて格之進の話には、何か別の表沙汰《ざた》にできないものが絡《から》んでいるのではないかと考えるようになっていた。

しかしどうあれ、格之進が足繁くお美津のもとを訪れて、松屋では奉公人たちも、二人は一緒になるのではないかと噂していた頃である。

武家と町人の縁組については、身分の違いが妨《さまた》げになる。

しかし藩内では有力な商人としてその座にある松屋なら、その妨げを取り除く手立てはある。

格之進に本当にその気があるのなら、父の庄兵衛も耳を傾けてくれる筈だとお美津は考えたのである。

ところが、

「すまぬ……」

お美津に頭を下げて格之進が語ったことは、耳を疑うような内容だった。

格之進は、藩内の諸色《しょしき》物流を握っている回船問屋『湊屋《みなとや》』五郎右衛門《ごろうえもん》に囲われている女おなみと尋常ならざる関係にあったのである。

おなみは格之進より三つも年上だったが、五郎右衛門に会いにきた格之進を見初《みそ》め、あなたの立身の手助けをするために力になりたいなどと言い寄って、強引に関係を結んでいた。

先の五十両の金も、勘定所の帳面の話ではなくて、おなみに手切金として要求されたものだった。おなみとのことは、無法を売り物にする五郎右衛門にとってかっこうの脅迫の種だったのだ。

おなみと手を切り、お美津との仲を深めたいと考えた格之進は、お咲を犠牲にすることになった五十両をおなみに渡した。

ところがおなみは、それで承知してくれなかったのである。

密かに格之進の行動を調べさせ、お美津との仲を知ると、今度は、

「わたしたちの間のこと、うちの旦那がうすうす気づいているんですよ。不義者として訴えるとまで言い出しているんだから……それが嫌なら百両を持ってきてちょうだい」

と脅しをかけてきたというのであった。おなみの脅しは格之進の命さえ危うく感じさせた。

松屋庄兵衛と湊屋五郎右衛門は、藩内の共に有力な商人というだけでなく、藩財政の改革にまっこうから異議を唱えてきた間柄だった。

激しい商人同士の主導権争いも続けてきており、庄兵衛などは湊と聞いただけで顔を背けるほどだった。

他でもない、その湊屋の囲い者といい仲だった格之進のことが明るみになれば、お美津とのことどころではない。

そんな男を信用して、いいようにされてきた娘に対して、庄兵衛は非情な断を下すに違いなかった。

百両の金を融通してもらえるか否《いな》かの話ではなかったのである。

お美津は格之進を詰《なじ》った。

妹とも思っていたお咲を犠牲にしてまで、格之進の立身を信じて店の金をねこばばしたのである。

切羽詰まった格之進は、生恥はさらせない、後は切腹しかないなどという。

なにしろ、ことここに至って、お美津も引くに引けない。

二人はもう普通の関係ではなかったからである。

——百両の金をおなみに渡し、国を捨てる。

お美津の頭にはもう、それしか考えられなくなっていた。

お美津は再び店の金を抜き取った。

百両と三十両……百両はおなみに渡し、二人は残りの三十両を持って国を出奔《しゅっぽん》したのである。

「お役人様……」

　お美津は、そこまで話すと、大きな、悲しげな溜め息をついた。

「私たちは東海道を行ったり来たりして、安住の地を探しました。心のどこかにお咲のことが……それでとうとうこの江戸に住まいするようになったのです。でも、その時には、三十両のお金は使い果たしておりました。格之進様はもう昔の格之進様ではございません。私はそれまでに習っていた三味線で身をたて、こうして暮らしているのでございます」

「厳しいことを言うようだが、同情はできんな。少なくともお前は自分の道を貫いたのだ……だがな、最初っから自分の道を捨てたお咲のことはどうするつもりだ。それを聞きたい」

「なんとかいたします。そうしなければいけないと思っています。私もずっと苦しんで参りました」

「ならばいいが、もしも手立てがなければ善七に相談してみてはどうか……」

「いえ、善七さんにはこれ以上迷惑はかけられません。当てはあります」

「当てはある？」

「実は格之進様が、私を贔屓《ひいき》にして下さっているお人と一夜を過ごせば、多額のお金を下さるという約束をとりつけてきたのです」

「何……」

「格之進様はそのお金で、どこかの旗本にでも仕官したいと、そうおっしゃるのです」

「馬鹿な……」

「先ほど私、それを断りました。それで口喧嘩をしてしまいました。でも、そのお話を受ければお金がはいります。そのお金をお咲に渡してやれば、お咲は善七さんを仲介にたてて、国の父に返済してもらえます。事情を知れば父はお咲については許してくれます」

「……」

「お美津、そんなことをしなくても、先ほど言ったように他に道はあるのではないかな。お前があの男と別れる決心があればの話だが」

「……」

「及ばずながら、俺も力になるぞ」

「私たちは父に訴えられているのです。お店のお金をくすねた罪人として……」

「親子ではないか。格之進に利用されたのだと知れば、許さぬとはいうまい」

「……」

「お美津」

「別れられません。あの人とはもう……」

お美津は、ぽつりと言った。

「もう別れられないのです、私……」

お美津は、泣き伏した。

泣きながらお美津は言った。

「でもお咲だけは……お咲だけは、きっと」

お美津は、震える声で言ったのである。

六

お美津が柳橋の南袂《たもと》にある船宿を出てきたのは、夜も四ツを過ぎていた。

月明かりに映るお美津の姿は、髪は乱れ、着物の裾も乱したままで、しかも素足だった。

見るからに凄惨《せいさん》な姿であった。

お美津は、よろよろと柳橋を渡ると、神田川の土手を西に向かった。

お美津の懐には五十両の金が入っていた。

襟足から忍び込む風は氷のように冷たかったが、お美津の心は、人としての責任をこれで果たせるというその思いで満たされていた。

格之進が一夜の共を受けてきた今夜の相手は、材木商の日野屋金兵衛《ひのやきんべえ》だった。五十を過ぎた初老の男だが、金に物を言わせて、吉原でも派手に遊んでいる商人だった。

金兵衛の前に転ばぬ女はいないなどという噂が流れる中で、お美津は、芸を売る以外に親しく接したことはなかった。

どんなに金を積まれても、なめこのような金兵衛の顔には嫌悪感が走ったし、なにより金でなにもかもカタをつけようとする、その根性が気にくわなかった。

今までにも座敷に出るたびに言い寄ってきていたが、言下に拒絶してきたお美津であった。

国を捨て、追われる身になり、三味線を弾《ひ》いて暮らしをたてているとはいえ、自分は根っからの芸者ではないという、どこかに自負があった。

近頃は芸者といっても、金次第でどうにでもなると言われている時代である。

そこに一線を引いてきたのである。

しかし、お咲を助けるためには、もうこれしかないと、お美津は考えたのである。

お美津は、座敷に通されるとすぐに、五十両の金を要求した。

お美津にその要求をつきつけられた金兵衛は卑猥《ひわい》な笑みを浮かべて、五十両の金を投げるようによこしてきたのである。

薄汚い男にいいようにされる間も、お美津はずっと、その金の入った袱紗《ふくさ》を見つめていたのであった。

──落ちるところまで落ちてしまった……。

お美津には、髪を整え、着物をきりりと着る気概は、もう失せていた。

──このまま藩邸に行こう。

そう決心したのは、船宿を出てすぐだった。

自訴して、この金は善七に藩役人から手渡して貰おうと考えたのである。

伊勢国桑野藩の上屋敷は下谷の御成道筋にある。

お美津は、一歩一歩、踏み締めるようにして、和泉橋の袂をすぎて、更に西に向かった。

だが、神田の佐久間町一丁目の角にある飲み屋を過ぎた辺りから、誰かに尾けられているのを感じていた。

そういえば、柳橋を渡った辺りから、自分が足を早めれば、後ろにある気配も急いで来るような感じがしたし、立ち止まれば、その気配は息をひそめるように消えた。

――ずっと尾けられていたのだ。

懐には五十両の大金がある。

ひょっとして、これを狙《ねら》ってのことかと思うと、急に体に寒気が走った。

乱れた裾を引き上げて、帯に挟んだ。

――走れるだけ走ろう。

そう思った時、後ろから風のように襲ってきた者がいる。

「きゃ」

悲鳴を上げて振り返ると、すぐ後ろで激しい撃ち合いが始まっていた。

月夜の光にその二つの影を見定めた時、

「格之進様……立花様」

お美津は驚愕した。

「お美津、お前を狙ったのは、この格之進だぞ」

離合して再び刀を構えた平七郎の声だった。

「格之進様が……なぜ……」

お美津は叫んだ。

「ふっ」

格之進は鼻で笑うと、

「お前が藩邸に駆け込むのではないかと危惧していたが……許さぬぞ、それは許さぬ」

冷たく言った。

「悪いことは言わぬ。おぬしも心を入れ替えて、お美津と藩邸に出頭しろ」

「断る……武家ならわかる筈、俺のこの先に何が待っているのか」

「武士だからこそ言っている。恥をしれ」

平七郎が厳しく言い返した時、

「きえー」

格之進が地を蹴って斬りかかってきた。

「うむ」

平七郎はこの剣を峰で受け止めると、はじき返し、そのままその刀を下ろして、格之進の肩を斬った。

「うっ」

格之進が肩を押さえて蹲った。

「骨は斬ってはおらぬ。命に別状はない」

平七郎は叱りつけるように言った。

「新八、何をしている」

平七郎が翌日、深川の八幡宮を訪れると、陶器市の小屋を陰にして、新八が足踏みして、ゑびすを見つめているのに気がついた。

「あれから深酒はしてないだろうな、仕事はどうした」

平七郎に従ってやってきた辰吉が聞く。

「苛《いじ》めないでくださいよ。ちょこっとね、お咲ちゃんが気になったもんですから」

新八は、照れくさそうに笑った。

「まったくお前は……」

苦笑した視線の先に、そのお咲が現れた。

「お咲ちゃん」

新八が情けない声を出す。

お咲は、蓬莱橋に向かった。

「動くな」

辰吉が、お咲を追おうとした新八を制す。

「だって、このままじゃあ、褒美の金もあっしが預かったままでなんですぜ。この金で祝言が挙《あ》げられたら」

「だから待てと言っている」

辰吉に再び制されてしゅんとなった新八を置いて、平七郎はゆっくりと、蓬莱橋に向かった。

お美津は藩邸内で保護されている。

格之進は藩邸内の牢屋に押し込められているらしいが、湊屋のおなみの一件が明るみになれば、命は助かるのではないかといわれている。

むろん、そうなるためには、お美津の父親が訴えを取り下げなければならないが、善七の話では、血の繋《つな》がった親子のこと、暖簾のことを考えても、穏便《おんびん》にすませるのではないかということである。

後はお咲の心と体を解放してやることである。

それには事実を告げるしかないが、利発なお咲のことだ。きっと出直してくれるに違いない。

平七郎は冷たい川風を受けて、立ち尽くすお咲に静かに近づいた。

「お咲……」

声をかけると、お咲が振り向いた。

「風が哭《な》いてます……お役人様、風が……」

お咲が言った。

お咲の双眸が黒々と濡《ぬ》れていた。

耳を傾けると、確かに風が哭いている。

その音は、お美津が泣き崩れた、あの時の声のようだと、平七郎はふと思った。

第四話　冬萌え

一

「淡路屋《あわじ》、よくこれだけの被害で済んだものだな」

平七郎は、橋の傷みを確かめていた手を止めると振り返った。

「おそれいります。このところ空気が乾燥しておりましたから、大風が吹き始めた頃から、橋袂に水桶を運ばせまして、いざという時のために用意をしておりました。大事に至らなくてほっとしています」

淡路屋徳三郎《とくさぶろう》は、恰幅《かっぷく》のいい体に、得意の鼻をうごめかして言った。

小正月が過ぎたばかりの一昨日《おととい》、御府内は突風にさらされた。

場所によっては竜巻のような渦が走り抜けたとも聞いている。

平七郎と秀太が点検している江戸川に架かる大橋も、その大風のために小日向《こびなた》の水道町《すいどう》で火事が起き、被害を受けた。

だが、この江戸川大橋は幸いにも北側袂の欄干を焦《こ》がしただけで、焼け落ちずに済んだのである。

淡路屋徳三郎というのはこの橋の監視管理をしてくれている両替商である。

橋の両岸に家作を持っていて、富と権勢もあり、橋の修理にはいつも多大な寄進をする男だった。

「しかし、安全を期するためには、片側半分は修復した方がいいな」

秀太が、懐から帳面を出した。さっそく見積もりを立てようと矢立てを取り出したところ、徳三郎が側《そば》から言った。

「平塚様、お指図さえ頂ければ、材木の方は私にお任せ下さいませ。もちろんお代は結構です。平塚様は橋大工の手配だけして頂ければ……」

早速、淡路屋は橋修理の負担を申し出る。

「いいのか」

秀太が聞き返す。

「はい」

「そうか……ではそうして貰《もら》おう。平さん、それでいいですね」

「うむ」

平七郎も頷《うなず》いた。

「では、お帰りの節には一度私の屋敷にお立ち寄り下さいませ」

徳三郎はそう言うと、手代を連れて帰って行った。

「平さん、淡路屋はこの辺りでは、仏の徳三郎と呼ばれているらしいですね」

「らしいな」

平七郎は素っ気ない相槌《あいづち》をうちながら、淡路屋を見送ったが、

「ぬかりのない男だ、気をつけろ」

さらりと言った。

「いや、私もあまり……実家が商人の家ですから、商人がどのようなものか多少存じておりますが、どうも淡路屋は世知狡知《せちこうち》に長《た》けた人のようで、鼻につきます」

秀太は言い、

「さてと……この橋の長さは十一間」

秀太が、もごもご言いながら木槌で橋のあちこちをたたき始めたその時、

「平七郎様……やっぱりいらしていたのですね」

おこうが小走りしてやって来た。

「なんだ、おこう、来ていたのか」

「ええ、赤城明神《あかぎみようじん》様にちょっとね」

「赤城明神……こんどの火事にみまわれたのか」

「いいえ、それは大丈夫でした。でもこの辺りで竜巻が起こったと聞きまして、明神様の

梅の木は大丈夫かなと……」

「ほう……わざわざ、梅の木を心配してやって来たところを見ると、その梅はよほど珍しい梅なのか」

「白玉梅という品種なんです。優雅で香りの良い花で、御府内ではここにしかない梅なんです。老木でしたから心配してやって来たんですが、木は根元から三尺あまりのところで、ぽっきり」

「折れていたのか」

「ええ、もうがっくり、だって蕾《つぼみ》がいっぱいついていたんですよ。開花ももうすぐだったのに、本当に残念です」

おこうは、悔しそうに言い、しかしその後すぐに、残念ついでにすぐ隣にある天徳院《てんとく》に行って来たのだと言った。

天徳院には、かの赤穂《あこう》事件で、殿中において刃傷《にんじょう》に及んだ浅野長矩《あさのながのり》を抱きとめたことで御加恩を賜《たまわ》り、その後も連綿と御家安泰できた梶川《かじかわ》家の墓地がある。梶川与惣兵衛《よそべえ》が先祖として葬られている墓である。

「赤穂事件ですっかり敵《かたき》役にされちまった人のお墓はどんなものかと覗いてみたんです……でも、泉岳寺《せんがく》はいつ訪れてもお線香が立ち上っていますのに、こちらはね……」

おこうはそんな世間話をしていたが、ふっと思いついたように、

「ところで平七郎様、それはそうと、この江戸川かあるいは近くの神田《かんだ》上水に架かる橋だと思うのですが『そだ』とか『しだ』とか呼ばれている橋をご存じありませんか」

と聞いてきた。

「この橋は江戸川大橋だが、石切り橋ともいう。そだでも、しだでも、ないな」

平七郎が言った。だがすぐに、

「それなら麁朶《そだ》でしょう」

横から秀太が言った。

「麁朶……」

「そうです。ひとつ西の方にある古川《ふるかわ》橋のことです」

「古川橋が麁朶橋ですか」

「この橋だって石切りと呼ばれるのは、ここに石切り職人たちが多くいたからですし、古川橋が麁朶と呼ばれているのは、郷の者たちが山から持ってきた麁朶をあの辺りで商《あきな》っていたことから、麁朶橋と言っていたのだと思います」

秀太が得意げに知識を披露した。

「おこう、その麁朶橋がどうかしたのか」

「そうだったんですか……すぐこの近くだったんですか……」

おこうは独り言のように呟くと、ふっと何かに気づいたように、古川橋の方へ向かっていった。

「なんだかいつもと様子が違いますね。龕枲橋がどうしたというのでしょうか」

秀太が言った。


「承知しました。暫時用意致します」

淡路屋徳三郎は、秀太の見積もった材木の数や種類に頷いて相槌を打った。

部屋の中は羽織一枚不要なほど暖かい。

平七郎と秀太が屋敷に立ち寄る前から、二人のためにずっと部屋を暖めていたようだ。

書院造りの座敷もさることながら、廊下に面した張り替えたばかりの真白い障子を開ければ、内廊下の向こうには贅《ぜい》を尽くした庭が広がっている筈《はず》だった。

敷地はおよそ五百坪、この牛込水道町の屋敷はまったくの私宅で、両替店は東古川町にある。

淡路屋は笑みを湛《たた》えて二人に言った。

「昼食を用意させています。召し上がってからお帰り下さいませ」

淡路屋が手を叩くと、揃《そろ》いの着物を着た女中が、膳や酒を運んできた。

「平さん、いいんですかね」

秀太が驚いて平七郎の耳元に囁《ささや》いたが、それが聞こえたのかどうなのか、淡路屋は満悦顔をして、

「どうぞごゆるりと、私はしばらく失礼します。ここにいては気詰まりでしょう。お食事が終わりますころに、またご挨拶《あいさつ》に参ります。どうぞ存分にお召し上がり下さいませ」

腰を折って挨拶し、立ち上がって廊下に出ていった。

だがその時、

「淡路屋さん、あたしですよ、茂助《もすけ》の女房のおさんでございますよ」

詰め寄るような女の声が庭からかかった。

平七郎は、徳三郎が開けた障子の向こうに、険《けわ》しい顔をした中年の女が立っているのを見た。

「どこから入って来たんだね……誰か！」

徳三郎が居間のある方に大声を上げた。

無視して行こうとする徳三郎に、女は食い下がるように言った。

「逃げないで答えて下さいよ、旦那。うちの亭主を殺してあの畑に埋めたのは旦那の手の

者でしょうが」

秀太が小さな声を上げ、平七郎に視線をちらりと送ってきた。

——殺し……。

「何度言ったらわかるんだね。私がお前さんの亭主を殺したのなら、わざわざ自分の畑に埋めたりするものか。気味が悪いだけですからね。言いがかりもいい加減にしなさい」

徳三郎の声は平静を装ってはいた。だが、平七郎にはその実、動揺しているように見えた。

徳三郎は平七郎の視線の先に背を見せて、庭のおさんとかいう女を睨《にら》むように立っている。表情こそこちらからはわからなかったが、その背にふいをつかれた混乱が窺えた。

徳三郎はおさんから逃れようと、足を踏み出した。

するとその裾《すそ》に飛びかかるようにして、片方の足首をおさんはつかまえた。

「逃がすものですか。今日こそは白状してもらいますからね」

「お放し、放せ」

「放すものですか。うちの亭主は旦那に会いに行くと言って家を出て、それっきりだったんだから」

「ええい、放せ!」

徳三郎は、もう一方の足でおさんの顔を蹴飛ばした。

「あっ……」

おさんは徳三郎から手を放してよろめいて、庭に倒れた。

「待て」

たまりかねて平七郎が廊下に出た。

「立花様、この者の言うことなどに耳を貸さないで下さいませ」

徳三郎は吐き捨てるように言った。

するとと負けずにおさんが、平七郎に救いの神とばかりに訴えた。

「お助け下さいませ、どうか、弱い者の味方になって下さいませ旦那。こちらの淡路屋さんは、恐ろしい人でございます」

「まあ待て。順を追って話してみなさい。徳三郎、お前も関係ないというのなら、冷静になってこの者の言い分も聞いてやれ」

平七郎が徳三郎を宥《なだ》めると、

「ありがとうございます」

おさんは礼を述べると、

「昨年の秋のことでございます」

震える口調で語り始めたのである。

それによれば、昨年の秋、御府内は例年にない嵐に見舞われた。

小日向のこの町地付近は、東には武家地、西には田畑が広がっている。ところが、この田地にある森の木が根こそぎ倒れ、そこから一体の死体が出てきた。

白骨化し始めていたが、死体は改代《かいたい》町に住むおさんの亭主茂助とわかった。

茂助はそれよりひと月前に、両替商の淡路屋の店に行くと言って家を出たまま行き方知れずになっていた。

茂助は当時、改代町で小間物屋をやっていたが、淡路屋から借金をしていて返済が滞《とどこお》っていた。

ところが店の沽券《こけん》を担保に金を借りていたために、茂助の失踪により店はこの日を境に淡路屋に乗っ取られ、おさんは古い長屋に住み、近くの畑の手伝いをして暮らしてきた。

むろんそれだけでは食べてはいけず、昔の人にならって林に入って麁朶を拾い、それを売ってなんとか糊口を凌いできたのである。

夫がいなくなっただけでも子のいないおさんにとっては、心細いことこの上ない暮らしなのに、あろうことか、嵐の後に夫は腐乱死体で発見されたのである。

おさんは検視にやってきた町方に、茂助は淡路屋に殺されて埋められたに違いないのだと訴えたが、聞き入れてもらえなかった。

おさんは夫の敵《かたき》をとりたいと、以後執念の鬼となって、淡路屋を追っかけては、夫を返せと叫び続けているのだと告白した。

「事情はわかったが、おさん、この徳三郎が茂助を殺したという証拠でもあるのか」

平七郎は、側で口をひんまげて座っている徳三郎を見遣《みや》って言った。

「いえ……でも他には考えられませんから」

とおさんは言う。

おさんの声はとたんに弱々しいものになった。

「確かな証しもなく、思い込みだけで人を疑うというのはどうしたものかな」

平七郎の言葉に我が意を得たとばかりに徳三郎は憤然として言った。

「立花様、この女は亭主の死体が出た場所が、私の土地だったことから、一方的に私を下手人だと言い、吹聴《ふいちょう》してまわり、それでもおさまらずに、こうして私を見つけては罵《のの》しっているのでございますよ。こちらが訴えたい気分でございます。なにしろ、もうその一件は、立花様と同じ北町の亀井様がお調べ済みでございます」

「亀井というと、定町廻りの亀井さんのことか」

「はい、さようで……」

「ふむ。で、亀井さんの下した決着はなんと？」

「はい、茂助はいい年をして喧嘩《けんか》っぱやい男だったそうでございます。ですからきっと、通りすがりの誰かと喧嘩でもして、ひょんなことから死に至り、その者は死体を隠すためにあわてて木の根っこに埋めた……もうとっくに、決裁も下りている話です」

淡路屋徳三郎は言下に言った。

だが、おさんは、憎しみで燃える目で、徳三郎を睨んでいた。

二

「気持ちはわかりますよ、おさんさん」

お文《ぶん》は、火箸《ひばし》で炭火の具合を確かめながら、店の上がり框《かまち》に腰掛けているおさんに相槌を打った。

火鉢の上には鉄瓶がかかっていて、白い蒸気が上っている。

おさんというのは、一昨日淡路屋に乗り込んでひと騒動起こした茂助の女房で、今日はその淡路屋での顚末《てんまつ》を、お文に不満たっぷりに話しに来たのである。

二人がいるのは古川橋の南袂の角地にある『いろは』という店で、お文はこの店の主だった。

「あたしはね、ぜったい、諦《あきら》めない……そう死んだ亭主に誓ってるんです」

おさんは大きな溜め息をついて手にしていた茶を飲み干した。

店の中には片側の壁の棚に、筆や様々の紙が並んでいるし、もう一方の壁には袋物や紙入れなどの小物が並べてあり、板間にはお茶の葉やお米の櫃《ひつ》が置かれていて、土間にはちょっとした日常に使う陶器も置いてあり、小間物屋というよりよろず屋に近い店だった。

おさんも亭主の茂助と小間物屋をやっていたから、お文とは昔からの知り合いで、ときおりこの店を訪ねてきては、お文に亭主の愚痴《ぐち》やら世の中への恨みごとやらを話すのであった。

だが今日は、店の片隅にお文の娘お小夜《さよ》と見知らぬ娘がいるために、多少は感情を抑えているらしい。

言い足りなさそうな表情が、それを表していた。

その、おさんが気にしている見知らぬ娘というのは、読売屋のおこうであった。

おこうは、亡くなった父との会話で、妙に記憶に残っていたソダという名の橋が、ずっと以前から気になっていた。

取材でどこかの川筋を訪ねるたびに、ソダという橋は近くにないか聞いてきた。

ところがたまたま大風に見舞われて、火事まで起きたと知った江戸川沿いで、橋の点検にやってきていた秀太からソダという橋は古川橋の昔の名で『麁朶橋』の事だと聞き、ふらふらと古川橋の袂にやってきたのである。

そして橋の袂にあった小さなよろず屋のような店の前に立った時、おこうは、体に何かが走り抜けるような衝撃を受けた。

「ソダ橋に行って来る」

父はたびたび、当時の店の者たちにそう言って出かけて行った。

おこうはその時まだ幼く、父が何の用事でそこに行くのか、それがどの辺りのことなのか、問いただすほどの分別はなかった。

だが、そそくさとして出ていく父の姿を見ていて、子供心に一抹の不審を抱いていたのも確かだった。しかし聞けば咎《とが》められるような気がしていたのである。

ところが、あの日、秀太にソダ橋というのはすぐ近くの橋だと聞き、何かに惹《ひ》かれるようにソダ橋袂のいろはという店の前に立った時、店の棚に父から昔もらった色つきの和紙とよく似た紙が並んでいるのを見てどきりとした。

しかも、その店の番をしていた娘は、先年赤城明神で菊祭りがあった時に、菊娘として近隣の町から選ばれていた美しい娘数人のうちの一人だった。

いや、菊娘の中では一番美しい娘だった。

一文字屋はその時菊祭りの取材をしていたが、おこうの頭にはしっかりと、その娘の美しさは残っていた。

そこで、店で留守番をしていたその菊娘に、取材の折の話をしてみると、娘の方も読売屋として取材に来たおこうのことを覚えていた。こんな綺麗なお姉さんが読売の仕事をしているなんてと、不思議に印象に残っていたなどと話すのであった。

二人はなんの抵抗もなしに、あっという間に互いを受け入れることが出来たのである。

むろんおこうは、父の話などしていない。

最初にこの店に立ち寄った時、おこうは今日は赤城明神の梅が気になって様子を見にきたのだと伝えている。

そうして棚にある美しい色つきの和紙について尋ねてみると、

「おっかさんの手による品です。たくさんは漉《す》くことは出来ないのですが、季節季節に、その雰囲気を味わえるような紙を漉いてお出ししているのです」

娘は自身の名をお小夜と名乗って、そう教えてくれたのである。

「いつごろから、お小夜ちゃんのおっかさんは、紙を漉いているのかしら」

おこうが更に踏み込んで聞いてみると、

「このお店を持った時からです。昔、若い頃に、おとっつぁんと一緒になるまでですが、紙漉きを習っていたらしくって」

お小夜は笑みを見せて言った。

「すると……十年くらい前からかしら」

「そうですね。昔を思い出して紙を漉くようになったのは、おとっつぁんが亡くなってからだから、私が八歳の頃でした……そう、もう十二年になります」

と言うではないか。

「お小夜さん、私、美しい和紙を一枚持っているんです。十年ほど前に知り合いから頂いた和紙ですが、じゃあきっと、こちらのお店のものだったんですね」

おこうは胸をはずませて、自分の手文庫の中に入っている和紙の色をお小夜に告げた。

それは、紙の片方から中央に向かって、薄青いみずみずしい色が、炎のように広がっている色和紙だった。

「それは私が漉いたものです」

後ろで声がした。

「おっかさん」

お小夜が振り返って言った。

「おっかさん？」

おこうも振り返って驚いた。

その人は、お小夜のおっかさんとは思えないほど若々しいひとだったからである。

「私、読売屋一文字屋のおこうといいます」

おこうがにこりとして頭を下げると、その人は、

「ごゆっくりしていって下さい」

優しい目を向けて言い、すぐに店の奥に入っていったのである。

「きれいなおっかさんね」

おこうが言うと、お小夜はくすりと笑って、

「ご近所の皆さんにも、お文さんは若い若いと言われて喜んでいるんです、おっかさん」

などと言う。

「お文さんとおっしゃるんですか」

おこうは尋ねながら、先程、お文がちょっと驚いた顔をして、何かおこうに問いかけたいような表情を見せたのを思い出していた。

だがお文は、すぐに思い止まるようにして、おこうには笑みを送っただけで闇に消えた。

おこうもそれ以上、何も尋ねなかった。

亡くなった父に抱いたあの感情、なんとなく尋ねてはいけないような、そんな気持ちがおこうの胸に湧いてきていた。

「ソダ橋に行ってくる」

と出かける父に、子供心に抱いた一抹の不審……その記憶が不意に生々しく蘇ったのである。

しかもお小夜にだけは、なぜだか、姉妹のような親しさを覚えるのであった。

お小夜のおこうに向けられた目も、姉を見るような視線に見えた。

出合ったばかりなのに、この感情はなぜ生まれるのか……その謎を解きたい、確かめたいという誘惑にかられて、おこうは今日もまた、この店にやって来た。

するとお小夜が、母が漉いた美しい和紙で、紙入れをつくってみませんかと誘ったのだ。

──母が漉いた紙で物をつくる……。

その言葉に、早くに母親を亡くしたおこうは心惹かれた。

すぐにおこうは頷いた。

それで一刻ほど前から、店の隅でお小夜に教わりながら紙入れをつくっていた。

そこへやってきたのが、おさんという中年の女の人だったのである。

お文はその女の訴えを辛抱強く聞いている。

おこうは紙入れをつくりながら、聞くとはなしにおさんの話を聞いていたが、どうも事件絡みのようで気が気ではない。

おこうが、ちらっとやつれた顔のおさんに視線を走らせた時、お文が側から言った。

「でも、昨日は丁度町方の旦那がいて、おさんさんの話を聞いてくれたんでしょ」

お文は慰《なぐさ》めるような声で言った。

「確かに、聞いてはくれましたけど、考えてみればお役人は皆あの淡路屋の威勢にひれ伏してしまいますからね。毎度毎度ご馳走攻めですからね。私の話なんて本気で聞いてくれたかどうか。それに、町方といったって橋廻りのお役人さんだっていうから」

おさんは消沈して言った。

「あの、側から口を挟んでなんではございますが、今、橋廻りとおっしゃいましたね」

おこうは細工の手をとめて、おさんに聞いた。

「はい。立花様というお方でした」

「まあ、それなら大丈夫ですよ。私も常々お世話になっている方ですが、橋廻りの前は定町廻りをなさっていて、黒鷹と呼ばれた凄い腕の持ち主です」

「本当でございますか」

おさんの顔に、ぱっと明るいものが差した。

「ええ、弱い人たちの味方です。ご馳走や財力で気持ちの動く方ではございません。きっと公平な目で調べてくれます」

「お文さん……」

おさんは泣きそうな目でお文に言った。

「よかったわね、おさんさん」

「私、さっそく、亭主のお墓に報告に行ってきます」

おさんは転げるように店を出て行った。

「おさんおばさん、お気の毒ね……」

痛ましげに見送ったお小夜が、店先に現れた人影を見て、嬉しそうな声を上げた。

「与之助《よのすけ》さん」

「お小夜ちゃん、ちょっといいかい」

背のすらりとした、苦みばしった見栄えのいい男が入って来た。

「ちょっとそこまで来たもんだから」

与之助という男は、ちらりとお文とおこうを見て言った。

「おっかさん、いいでしょ。すぐに帰ってきますから」

お小夜はそわそわと立ち、土間に小走りして下りた。

「お小夜、ほんの少しの間ですよ」

お文は急に険しい顔でお小夜に言った。

「おふくろさん、ご心配なく、すぐにお返ししますから」

与之助は、にやりとして言った。

その態度はどうみても、母親のお文に遠慮しているという風ではなく、ずいぶんと横柄《おうへい》な態度におこうの目には映った。

「与之助さん、はっきり申し上げておきましょう。お小夜の気持ちがどうあれ、私は母親として、あなたとのことは許しませんから、肝に銘じておいて下さいまし」

お文は険しい顔で言った。おさんの訴えを懇切に聞いていたお文とは別人のようだった。

「ふっ……」

与之助は一瞬たじろいだようだった。だが、すぐに鼻先にうすら笑いを浮かべると、

「私とお小夜ちゃんが一緒になれば、こんな汚くてちっぽけな店をやらなくても、結構な暮らしができるんですすよ。まあ、そう邪険にならずに、よおく考えておいて下さいまし。

さっ、お小夜ちゃん」

与之助という男は、少しも動ぜず、お小夜の手をとるようにして出て行ったのであった。

「おばさま……」

おこうは、呆然として座るお文に声をかけた。

お文ははっとしておこうを見ると、

「おこうさん、お目にかかってまだ日も浅いあなたに、こんなお願いをしてはご迷惑かと存じますが、御覧になったあの与之助という男、私はどうあっても娘の婿《むこ》になど嫌なんです。あなたの口から、お小夜に言い聞かせて頂けないでしょうか」

必死の表情で手をついた。まるで鬼か蛇が娘をさらって行くのを阻止しようとしている母親のようだった。


「これは、お初にお目にかかります」

橋廻りを終えて役宅に帰ってきた平七郎を待ち受けていたのは、初老の男だった。

初老の男は母の里絵の計らいで、玄関脇の小部屋で火鉢を抱えて待っていた。

首には鼠《ねず》色の襟巻を巻き、手はせわしなく擦り合わせて暖をとっている。

里絵の話では、名を辰五郎《たつごろう》といい、一文字屋の辰吉の父親だということだが、

「お待たせした」

部屋に入った平七郎が見たその男は、すっかり頭を白くした背中の曲がった老人だった。

「辰吉の父親だと母上から聞いたが……」

平七郎が向かい合って座ると、

「へい。こちらの大鷹の旦那がお元気なおりには、あっしは一文字屋の総兵衛の旦那のお手伝いをしておりやした」

「そうか、一度ちらっとそんな話は聞いたのだが、俺が父の死を受けて定町廻りになった時には、一文字屋にいたのはもう辰吉だった」

「へい。大鷹の旦那がお亡くなりになったのを潮に、あっしも引退したのでございやす」

「そのようだな。で、今日はなんだ」

「へい、ひとつ内々の相談がございやして……これは辰吉も知らねえことです」

辰五郎はそういうと、懐からしわくちゃになった浅草紙を引っ張り出して、ちいんと鼻をかんだ。

「お見苦しくてすいやせん。年をとりますと、寒さがこたえやして」

「遠慮はいらぬ」

「どうも……」

辰五郎は、鼻をかんだ紙を、またごそごそと懐に押し込んだ。

そして、じっと顔を上げると、

「この話は、辰吉にも話しておりやせん。誰にも話さずにあの世に持って行こうと思ったんですが、どうもそういうわけにはいかなくなりやして」

「言ってみろ、話してくれ」

「へい。他でもございやせん。一文字屋の亡くなった旦那のことでございやす」

「何……総兵衛のな」

「はい。ご存じのように辰吉は、近頃はほとんど一文字屋に泊まり込みです。おこうお嬢さんの手足になって働こうと思えば、長屋に帰っていては間にあわねえこともありやすからね」

「うむ。お前は馬喰《ばくろ》町の長屋だったたな」

「へい。そういう訳ですから、今は一人住まいのようなものです。まっ、時々は、うめえ物が手に入ったなんて、辰吉が顔を見せることはありやすが、あっしは辰吉には、こっちのことは気にしねえで働けと言っているんです」

辰五郎はまた懐から紙を出して、じんと水っぽい音を立てて、鼻をかんだ。

「ところがその、あっしのところに、ゆんべ、おこうお嬢さんがやって来たのでございやすよ」

「何……何か昔の事件のことでも聞きに行ったのか」

「いえ、用事はですね。昔の旦那のことだったんです」

「……」

「鹿朶橋の袂に住まいするお文という女は、おとっつぁんとどういう関係だったのかと……」

「ふーむ、そういえば、橋のことを聞いていたな」

「昔一文字屋の旦那が、ソダ橋に行くと言って度々出かけていったのは、お文さんという人のところに行ったのではなかったのかと……」

「まてよ、そのお文とかいう女、古川橋、つまり昔鹿朶橋と呼ばれていた橋の南袂で『いろは』という店を持つ」

「そうです。ご存じでございましたか」

「うむ。あの橋の点検をしに行った時に立ち寄ったことがある。俺が知っているのは、母親も娘も美人だということぐらいだ」

「そうです。おこうお嬢さんのおっかさんも美しい人でしたが、お文さんもまた美しいひとです」

「そのお文が、つまり、総兵衛のいい人ではなかったかと、おこうは疑っている。そういうことか」

「へい。ずっと気にかけていたようです。それであっしなら、何もかも知っているのではないかと……」

「ふむ……でその人は、総兵衛のいい人だったのか」

「おそらく……といっても、これはあっしの勘でございやすが」

「ほう……」

平七郎は、驚きの声を上げた。

総兵衛は、死ぬ間際まで平七郎と一緒に仕事をしていた。だが、そんな素振りは微塵も見せなかったのである。

辰五郎は、また懐から紙を出して鼻をかむと、

「お嬢さんには、事件絡みの人だったとお伝えしたのですが、もっとはっきりした答えを望んでいらっしゃるようでございやした。しかしあっしも迂闊《うかつ》な話はできません。ただ、お文さんの娘さんがひょっとして父親の娘ではないかとおっしゃるのですが、それはない

と存じますよと伝えました。いずれにしても、あっしもこの歳でございやす。あっしが見てきたままを旦那にはお伝えしておいた方がいい、そう存じやして」

辰五郎はそう言うと、時折懐から鼻紙を出して、垂れてくる鼻汁を拭きながら、当時の話を思い出し、一つずつ確認するようにして話すのだった。

それは今から十二年前のことだった。

辰五郎は一文字屋総兵衛と一緒に、凶悪な押し込み強盗で、時蔵《ときぞう》という男を追っていた。

時蔵はその盗みの大胆さもさることながら、顔を見られたら必ずその者は殺すという手口で、御府内の人たちを震え上がらせていた。

ある夜のこと、時蔵は桜木《さくらぎ》町の油屋に押し込みに入ったが、出てきたところを夜回りをしていた岡っ引に見つかった。

逃げるに逃げて一度は岡っ引をふり切ったが、東古川町の裏長屋に飛び込んだ時蔵は、人質をとって立てこもった。

その家が長い間紙屋につとめ、一本立ちして、これから小さな店を持とうとしていた治《じ》助《すけ》の家だった。

辰五郎も総兵衛と一緒に、すぐにその長屋に走った。

そこで辰五郎たちは、人質になっている治助には女房のお文と、八歳になる娘がいることを聞かされた。

当時総兵衛は、女房を亡くして一人娘のおこうを男手で育てていた。

妻子を人質にとられた治助の不安を、ひしひしと感じていたようである。

時蔵と町方の睨み合いに終止符が打たれたのは、治助の叫びが長屋中に悲しく響いた、まだ明け始めた頃だった。

町方の張り込みを見守っていた総兵衛たちの前に女と子供が家から飛び出してきたのである。

町方たちが飛び込んだ時、治助は腹を匕首《あいくち》で刺し貫かれたまま、時蔵にしがみついていたらしい。

治助は、自分の命とひきかえに、時蔵に体当たりして妻子を外に逃がしたのであった。

辰五郎はその時、長屋の路地の隅で震えていた治助の女房に声をかけ、女の子を抱き締めた総兵衛を見た。

女の子を抱き締める総兵衛の腕にも、見詰める顔にも、労《いたわ》りと優しさがあふれていた。

以後、総兵衛がこの親子の世話を焼いたのはいうまでもない。

「見るに見兼ねての親切が、男と女の愛情にかわっていっても不思議はねえ、そうでしょ旦那。誰も咎めることはできねえ……」

辰五郎は鼻をすすった。

「亭主を殺された女と、女房を病で失った男ですよ。互いに労りあったっていい、こりゃあひょっとしてひょっとするかもしれねえと、あっしは見ておりましたが、表立ってはそうはなりませんでした。お二人がどういうつきあいをして来たのか、男と女の仲のことなど、あっしにはわかりやせん」

「……」

「わかりやせんが、しかし旦那、その心のうちは、あっしにはわかるような気がするんです。お互いを大切に思えば思うほど、相手の立場を思いやって心を通わせていたんじゃないかと……」

「うむ」

平七郎は相槌を打った。

「お二人とも、その後誰とも再縁しておりやせんからね……」

辰五郎はしみじみと言った。

町内や近隣の町の者たちから頼りにされていた総兵衛には、その後幾つもの縁談が舞い込んだが、総兵衛は笑ってやり過ごしている。

一方のお文だって、一際《ひときわ》の美しさを備えた人で、こぶつきでも妻に欲しいと言ってきた男は、十指に余るのではないか。

「旦那、お二人は、誰も傷つけず、しかも相手を一番思いやれる方法をとったのかもしれやせん。総兵衛の旦那が殺されて葬儀が行われた時、あっしは会葬者の陰に隠れて手を合わせているお文さんの姿を、久し振りに見ました」

「来ていたのか。俺もそうだが、おこうも気づいていなかったのだな」

「お文さんは紫の頭巾を被って、人の陰に隠れるようにして立っていましたからね。見ようによっては、通りすがりの人と見紛《みまが》うような、そんな感じでしたから」

「そうか……そんなことがあったのか」

あの堅物に見えた総兵衛がと思うと、思わず顔が綻《ほころ》んだ。

「旦那……」

辰五郎が、改めて平七郎を呼んだ。

「そういう訳ですから。おこうお嬢さんには、あらかたの話は致しましたが、亡くなられた旦那の心がどうあったのかというような事まではお伝えしておりません。いくらなんでも、亡くなったおかみさんの手前、いい気はしないかもしれませんので」

「まあ、そうかもしれぬな」

「しかしこれだけは、はっきりしておりやす。二人が知り合ったのはあの町からです。おさんの娘さんは、総兵衛旦那の娘なんかじゃねえ。前の亭主の娘さんです」

平七郎は頷いてみせた。

「親父さん、安心しろ。おこうにはわかる筈だ……おこうは、お前から聞いた父親総兵衛の昔を、きっと大切にするだろうよ」

「へい……へい」

辰五郎は、何度も頷いていた。

三

「お前の方からこの部屋に足を運んで来るとは、珍しいこともあるものだな」

平七郎が一色の部屋を訪ねた時、一色はするめをあぶっていた。

ここが奉行所の吟味方与力の部屋かと思うほどの、いい匂いをさせている。

「結構なおつとめでございますな」

平七郎は、皮肉たっぷりに言って座った。

「拗《す》ねるな……いや、今日はさる商人の江戸店何周年記念とかで弁当が振るまわれたのだ。折の上にはこのするめが載せてあった。それでおやつに焼いている。お前たち外回りの者たちには、日持ちのするものが用意されている筈だ……ひとつどうだ」

一色はあぶっていたするめの足三本、それも少しあぶりすぎて焦《こ》げて固くなっている部分を、平七郎の前に突き出した。

「いえ、結構です」

「そうか……」

突き出したものの受け取って貰えずに、少々きまりが悪いのか、口に入れようとしていた手をとめて、するめは紙にくるんで茶器の側に置いた。

以前も一色は、かちかちになった餅《もち》を焼いていたことがある。

火鉢に火が入ると、無性に何かを焼いて食べたくなる輩《やから》がいるが、一色はどうやらそちらの方らしい。

平七郎は笑いたかったが止めた。笑っている場合ではない。

「一色様は、小日向の江戸川両岸の町地に家作をたくさん持っている淡路屋という商人をご存じですか」

「やはりな、そのことできっとお前がやって来るんではないかと思っていたぞ」

一色はにやりと笑った。

「それなら話は早い。亀井さんたちに調べ直してくれるように口添えしてくれたんでしょうね」

「それがだ、平七郎。私もこれこれこういう訴えを、女房のおさんという女がしてきているから、もう一度調べ直せと言うには言ったが、まっ、それっきりだな」

「では、何の進展もないということですね」

「うむ」

「一色様……」

平七郎は一色をきっと見た。

「な、なんだよ、その不服げな顔は」

「私が報告したことを亀井さんに話してくれましたか」

平七郎は詰め寄った。

おさんの話によれば、殺された茂助は、淡路屋に店を乗っ取られたとも騙《だま》されたとも言っていたらしい。

しかも失踪の前夜のこと、茂助に使いが来て、

「店を救えるかもしれん」

そんな言葉を残して、茂助は使いが持ってきた紙切れに書いてあった場所に出向いて行った。

その時おさんは、茂助の出向いた場所をうっかりして聞いていなかった。

だが数日たっても茂助は帰らず、ひょっとして失踪したのかもしれないと思ったおさんは、手がかりをもとめて、あちらこちらの店を覗いた。

すると、茂助の遺体が出てきたすぐ近く、片側は町地だが反対側には田畑が広がる土手の上に、当時屋台に毛が生えたような小屋掛けの店があったと知った。

干物と漬物を肴にして酒を飲む店だったという。

その店で茂助の姿を見たという人が現れたのである。その店に行き着くまでに、おさんはひと月を要していた。

教えてくれたのは、その店の常連だった近隣の百姓の若者たちだった。茂助は小間物の担い売りをしていたから、その若者たちもよく茂助のことは知っていた。店にいたのは茂助に間違いなかったと、おさんに言ったのである。

また、その若者たちの話によれば、茂助が店で話をしていた男というのが、すらりとしたいい男で、二人の前には漬物と酒が置いてあったが、それには手をつけず、二人は深刻な顔をして話しこんでいたという。

しかし、話の決着はつかなかったのか、茂助とその男は暗く険しい顔つきで、やがてその小屋掛けの店を出て行ったというのであった。

おさんはそこまで話すと、最後に平七郎にこう言ったのである。

「その小屋掛けのお店があったすぐ近くで、茂助の遺体は出たんです。不思議なのは、その店ですよ。あそこに出来たのが八月、そして亭主がいなくなってふた月目に、跡形もなく無くなっておりました。ああ、そうそう、肝心なことを忘れるところでした。亭主の茂助と話していた男は、鼻筋の通ったいい男だが、少し冷たい感じがしたというんです」

おさんの執念は町方なみだと、話を聞いていた平七郎が思ったのは、おさんはその男の腰に、漆塗りの上等の薬籠《やくろう》がぶらさがっていたことまでつきとめていた事だった。

「薬籠には赤い実をつけた南天の絵が描かれてあったと聞いています」

おさんは言い、平七郎を縋《すが》るような目で見たのであった。

そこまで本当に調べ上げているのなら、当時茂助の遺体が出た時検視に向かい、事件を決着させようとした定町廻りの亀井にしたって、黙っていられる筈がない。

平七郎はあえて自分が聞いた話にせず、おさんが奉行所に訴えたことにし、一色にうまく取り計らってくれるよう頼んでいた。

しかし、目の前にいる一色の様子では、亀井に指図したのかしないのか、それすら危うい返事である。

「相手は定町廻りの亀井さん、横から首をつっこみたくなかったのですが……」

平七郎は、険しい顔をして立った。

「立花、何を怒っているのだ」

一色は、とぼけた顔で見上げている。

「ごめん」

平七郎は、一色に一瞥《いちべつ》をくれると、奉行所を後にした。

茂助殺しを調べるには、辰吉の手を借りなければならぬ。

平七郎が一文字屋を訪ねてみると、店の奥でおこうは人と会っていた。

その人というのが、鹿𡖋橋と呼ばれていた古川橋の南袂で、いろはという店を開いているお文の娘お小夜だったのである。

「丁度良かった。平七郎様、お小夜ちゃんの力になって頂けないでしょうか」

おこうは、まるで自身の妹の悩みごとを聞いてくれといわんばかり、切羽詰まったような目で言った。

「ふむ」

平七郎が返事をするまもなく、おこうは平七郎の手をとるようにしてそこに座らせると、

「実はね、このお小夜ちゃんには、好いた人がいるんです。でもおっかさんに反対されて、とにかく、おっかさんは命を張っても反対するなんて言ってるらしくて、それで、お小夜ちゃんは家出をしたいなんてうちにやってきたんです。母一人娘一人、おっかさんを心配させては駄目だって、今お家に帰るように言ったところなんですが、私も本当のこと言うと、お小夜ちゃんの思いを遂げさせてやりたいんです」

と言う。

「ふむ。しかし、なぜおっかさんは反対しているのだ」

「女の勘だっていうんです。与之助さんは恐ろしい人だって……」

お小夜が言い、俯《うつむ》いた。

目鼻立ちがいかにも楚々《そそ》としていて、憂いを含んだ表情さえ美しい娘である。

「何者なのだ、与之助という男は」

「両替商『淡路屋』を任されている番頭さんです」

「何……淡路屋というと、淡路屋徳三郎のことか」

平七郎が驚いて聞き返すと、お小夜はこくりと頷く。

「ふーむ」

平七郎は返事に窮した。

あの傲慢不遜な男の片腕となれば、与之助という男も一筋縄ではいかぬ人物に違いない。

しかも、このたびの茂助の事件でおさんに疑われているのが、その両替商淡路屋である。

与之助という男が、その淡路屋の仕切りを任されているとなれば、お小夜の母親お文の勘も、まんざら的はずれとはいえまい。女の勘とはいえ、核心をついているのかも知れぬ。

「おこう、俺が今日ここに来たのも、淡路屋のことで辰吉に頼みがあったからだ。両替商淡路屋は、とかくの噂《うわさ》のある店だ。俺が思うに聞き分けのない母親だと言う前に、よくよく考えた方がよいな」

平七郎は、やんわりと、短慮はよくないのではないかと言った。

「与之助さんは、そんな人ではありません」

お小夜は言下に否定した。与之助との出合いは、まさに宿縁のような感じさえするのだと、熱っぽく言うのである。

発端は、お小夜が菊娘に選ばれた時のことだった。お小夜は思いがけない災難に襲われた。

菊祭りが佳境に入った夕刻のこと、神社では町の有志たちによる『花見の園遊会』が行われる。

その時、旦那衆の一人が二十両は入っていたという財布を失ったと言い出して、大騒ぎになり、お小夜は満座の白い眼にさらされることになった。

総出で皆の荷物を点検していたところ、財布はお小夜の風呂敷包みから出てきたのだ。

自分は潔白だとお小夜は泣きながら訴えたが、注がれる目はお小夜を疑っていた。

その時、皆の前に進み出て、お小夜さんを菊娘に推挙したのはこの淡路屋だ、この私だと言い、淡路屋が推した菊娘が、手が後ろにまわるようなことをする訳がない、この私が責任を持つと言ったのが与之助だったのである。

与之助はこの時お小夜を救ったばかりか、淡路屋には与之助ありと、自身の力を見せつけたのであった。

お小夜は、そうでなくても、この数日、会場を溌剌《はつらつ》と仕切る与之助の姿を見て胸を熱くしていた。

この時のことが縁で、二人は逢瀬を重ねるようになった。だが、お文にしてみれば、旧知の仲だったおさんの亭主茂助の一件もあり、それよりなにより、以前から界隈を仕切る淡路屋一家に、眉《まゆ》をひそめていたのである。

その淡路屋の番頭の与之助と夫婦になるなど、とんでもないとお文は頑としてお小夜の話を聞かないというのであった。

「お小夜、もうしばらく待て。茂助の一件に淡路屋がかかわっているのかいないのか、それがはっきりわかってからでも遅くはない」

平七郎は、そう諭《さと》してお小夜を帰した。

おこうは、表までお小夜を見送って引き返してくると、

「平七郎様、そのお顔では、茂助さんの一件、淡路屋があやしいと思ってらっしゃるのですね。実はわたくしも、少し気になっていたんです」

と言い、お文の店で聞いた、おさんという人の話を平七郎に告げたのである。

「そうか、お小夜のおっかさんとおさんは知り合いだったか……」

平七郎も一連の事件の経緯をおこうに告げ、事の黒白《こくびやく》は、茂助が最後に会っていたという、背の高い男を捜し出せば決着がつく筈だと説明した。

だから辰吉の手がほしいと――。

「そういう事なら、私も……」

おこうは、決意した目で頷いた。

「それにしても、ずいぶんあの娘に肩入れしているものだな、おこう」

平七郎はさりげなく切り出した。

「お前にとっては幻の橋、鹿朶の橋を捜していた訳は、あの、お文お小夜母娘のことだったんだな」

「……」

「いや、実はな、夕べ辰五郎が役宅にやってきたのだ」

「平七郎様……」

おこうは、驚いた顔で平七郎を見た。

「辰五郎は言っていたぞ。辰五郎がこれまであの母娘のことを、おこうにも誰にも言わずに黙っていたのは、亡くなった総兵衛の思いを、そしておこう、お前を悩ますのではないかと案じてのことだと……」

「わかっています。でも本当でしょうか。私とお小夜ちゃんが血を分けた姉妹ではないという話……」

「本当だ。総兵衛は、鹿朶の橋袂で健気《けなげ》に生きる母と娘を、人知れずずっと支え続けてきた。しかしそれは、事件にかかわった読売屋として、また一人の男として放ってはおけなかったのではないかな。強いて言うなら、男の、大人の愛情だ。けっして、おこうを傷つけるような男と女の間柄ではなかったのだ」

平七郎はちらとおこうの顔を見た。

おこうの表情にはもう怒りも疑いもないようだった。

切なくて哀しげな横顔を見せて、俯いて聞いていた。

読売屋の主として、日頃は気丈に振舞っている気の強い女を演じているおこうが、今日は別人のように、多感で繊細な女に見えた。

今まで見たこともない頬に陰りのある美しさが、平七郎の胸をどきりとさせた。

「ふむ」

平七郎はひと呼吸置いて、話を継いだ。

「おこう、辰五郎の言葉を信じろ。辰五郎はな、おこうがいらぬ詮索をして、自分で話をつくりあげ、嫌な思いをするんじゃないかと、それを案じていたのだ」

「平七郎様」

おこうが顔を上げて、平七郎を見返した。

「私、おとっつぁんの胸のうちを思うと切ないのです」

意外にもおこうの顔には父への思慕があふれていた。

「おこう……」

「なぜ、私に話してくれなかったのかと思います」

「おこうを誰よりも大切に思っていたからではないのか……」

「でも、私には見えるんです。父があの麁朶橋を渡る姿が……せかせかと渡る父の目の先には、いろはの心細い灯が見えています。その、心細い灯を守るために橋を渡って行く父の姿が、私には見えます。だから切ないのです」

「……」

「どうしてこんなに切ないのでしょうね、平七郎様……」

「おこう」

平七郎は、ふっとおこうを抱き締めてやりたいような衝動にかられていた。

おこうは言った。

「私、一人ぼっちでしょう。おとっつぁんと親しくしていてくれたお人に巡り合えて嬉しいのです。ほんとです。それがほんとの気持ちです。だから、お小夜ちゃんの力になってやりたいのです」

四

「立花様……」

お文はふらりと入ってきた同心が、立花平七郎だと聞き驚いた様子だった。

だがすぐに、平七郎を上がり框に座をすすめ、立花様のことは娘のお小夜からも、先だっては、おこうさんからも、とてもご立派なお役人様だとお聞きしているのだと言った。

その上で、

「おこうさんが信頼を寄せている立花様なら、お小夜のこともご存じかと存じまして、少しお聞きしたいことがあるのですが……」

思案の目を向けてきた。

「ふむ」

「おこうさんは、総兵衛さんのお嬢様ですね」

「そうです。やはり、ご存じでしたか」

「はい。ただ、私の方から、総兵衛さんにたいへんお世話になったことを、娘さんにお知らせするのも、いかがなものかと思ったのです。それと申しますのは、生前総兵衛さんは、私どもも親子とのことは、娘には話してないのだとおっしゃっておられました。ですから、総兵衛さんも喜ばないと思ったのです。でも……」

お文は苦笑して、

「おこうさんが私たちに接する態度は、まるで、本当の母と娘、姉と妹の感じなんです。総兵衛さんがあの世から心配して、お互いを引き合わせて下さったのかもしれませんが、ひょっとしておこうさんは、昔のことを知っているのではないかと思ったりして……」

「お文、そのことだが、おこうは何も彼も知っている」

「やはり……」

「お小夜のことも、まるで血の繋がった姉妹のようだと話していた」

「はい」

「むろん、そんな気がするだけで、血を分けた姉妹ではないという事も知っている」

「ええ」

お文は、恥ずかしそうに俯いた。

遠い昔の二人の大人の関係を垣間《かいま》見た、平七郎は一瞬そんな気がして、胸が熱くなった。

「そうでしたか、これでほっと致しました。実を申しますと、私、娘が一人増えたような、そんな心強い思いをしておりましたので……」

お文は、くすりと笑った。

柔らかくて、あたたかい笑顔だった。

――おこうには言えぬが、総兵衛がお文に惹かれていった気持ちがわかるな。

平七郎は笑みを返した。

だが、次の瞬間、お文の顔が凍りついた。

「与之助さん……」

お文は店の入り口に呼びかけていた。

――与之助……。

平七郎がふり返ると、羽織も小袖も紺地の共布《ともぎれ》を着けた背の高い男が、淡路屋の白抜きのはっぴを着た店の者を供にして、つかつかと店の中に入って来た。

「お小夜ちゃんを、ここに呼んでくれませんか」

与之助の言い回しは、一応気配りをみせてはいるが、有無を言わさぬ声音だった。

捕らえたら放すものかという鋭くて冷たい目つき、しかも、体にまつわりついている傲慢を剥き出しにして、身構えるお文を睨んだ。

「お小夜は出かけています」

お文は、ぐいと背を伸ばして、言い返した。

平七郎は与之助が店に入って来たところで立ち上がり、客のようなふりをして、店の隅に飾ってある様々な商品を手にとって品定めしているのである。

しかし、その耳は、二人の会話を聞き漏らさぬように、神経をそばだてていた。

「今朝がたも出かけていると言っていたが、お文さん、どうしてそんなに愛想のない言い方をするんですかね」

「別に、地のなりですよ」

「違うな、どうやら私が嫌いのようだが、ご存じの通り、私は誰もが認めるひとかどの商人です。しかも淡路屋の看板をしょって立っている男です。私を邪険にしたら……」

ふっと、与之助は鋭い視線をお文に投げると、

「まっ、この、江戸川端では生きていけませんよ」

くっくっと笑ってみせた。

平七郎は、ちらとその顔を見た。

お文に投げる視線には燐光のようなものが怪しげに揺れていて、いつそれが、炎となって燃え盛るかも知れないという危険を感じさせた。

「どうぞ、お好きになさって下さいませ。いい機会だから、はっきり母親としての気持ち

を伝えておきます。絶対にお小夜とは一緒にはさせません」

「このアマ……お文」

　こともあろうに、与之助が連れてきた男がいきなり怒鳴った。

「いいかい、これ以上与之助さんにたて突くと、菊祭りで商人の財布を狙ったのは、やっぱりお小夜さんだったと言い触らしてもいいんだぜ」

「ここにいる与之助さんが、お小夜はそんな人間ではないとはっきり言ってくれたのではなかったのですか」

「あれはかばっただけだ、間違いだったと言えばいい」

「なんてことを……」

「いいですかい、お文さん。うちの旦那、与之助さんにかかったら、白も黒になる。黒も白になる。よく覚えておくんだね」

　まるっきり、やくざの脅《おど》しである。

「待て、聞き苦しいぞ」

　平七郎が横合いから声をかけた。

「ふっ……」

　与之助は冷笑を浮かべると、

「おいあんまり乱暴な口をきいて人騒がせするんじゃない」

供の男をもっともらしく制し、

「お文さん、いずれ私の気持ちがどんなに真剣なものか、納得してくれる時がきますよ」

捨て台詞を残して引き上げていった。

お文はへなへなとその場に屈みこんだ。

「お文、この家にお小夜をおいておくのは危険だな」

「ええ、でも、避難するところもありませんから」

「一文字屋に行くんだ」

「一文字屋に……」

お文は、驚いた顔をした。

「しかし、それではあんまり……おこうお嬢様に迷惑をかけます」

「おこうは喜んでかくまってくれる筈だ。悪いことは言わぬ。そうしろ」

平七郎は、険しい顔で頷くと、いろはの店を後にした。

「平さん……見えますか。ほら、あそこに一人……そしてこっちに、もう一人……」

辰吉は、木戸口から長屋の奥を見て、おさんが住む家のまわりで、なにげなく見張りに立つ男を差した。

「淡路屋の奴等にちげえねえと思うんですが……」

「よし、お前はここにいて、奴等の雇主を確かめろ」

平七郎は、そう言い置くと、一人でおさんが住む長屋に向かった。

長屋は路地を挟んで、七軒ずつ並んでいた。

改代町という田圃《たんぼ》の近くにある町の裏長屋で、人は七軒長屋と呼んでいるらしいが、この辺りでは一番古い長屋だった。

溝板《どぶ》は半ば腐っていて、その隙間から古い長屋特有の臭いが漂っている。長屋の戸数の半分ちかくは空き家のようだった。

建物はもちろん古く、透き間風が容赦なく家の中に入って行くような感じである。

おさんと茂助は、小間物屋とはいえ、横丁の仕舞屋《しもたや》で商いをしていた。

そのおさんが、亭主を亡くしたばかりか、店も取り上げられて、七軒長屋で食うや食わずの暮らしをしているのかと思うと、茂助事件を淡路屋の威勢に遠慮して、なおざりにしている定町廻りの亀井の罪は重い。

平七郎は、暗い気持ちで、おとないを入れた。

「立花だ」

戸口で名乗ると、しばらくして、中からがたぴしゃ鳴らしながら戸が開いた。

「旦那……」

おさんは、綿入れのはんてんをひっかけて出て来たが、用心深く外に目を遣った。

「男が二人、空き家の中から見張っているぞ」

平七郎が小さな声で伝えると、

「帰って下さい。話すことは何もありません。亭主は通りすがりの誰かに殺されたんです」

おさんは外に向かって大声で言った。

そしてちらっと、張り込んでいる男の方に視線を投げると、男がすばやく身を隠すのが見えた。

「旦那」

おさんは、平七郎の袖をひっぱって、中に入れた。

火の気のない部屋で、おさんは布団をかぶって過ごしていたらしく、けばだった畳の上に、おさんがいま抜け出たような、人の形がついたままの布団があった。

「旦那、恐ろしくて、もう、ここでは私、暮らせません。せっかく訪ねて頂いて申し訳ありませんが、あの話はなかったことにして下さい」

おさんは戸口に神経を走らせながら言う。

「わかった、それでお前がいいのなら、そうしよう」

平七郎は相槌を打ちながら、音もたてずに戸口に引き返すと、がらりと戸を開けた。

「あっ」

小さな声を上げ、戸口に立って中を窺っていたのは、目の鋭い男だった。

「何か用か」

平七郎が、ぐいと睨むと、

「ちっ」

男はすばやく木戸に向かって走って行った。

木戸を抜けると一方に駆けて行く。

平七郎は、辰吉が男たちの後を追うのを確かめてから、戸を閉めて部屋の中に引き返してきた。

「安心しろ、奴等は逃げた。それに、俺の手の者が後を追った。お前を陰から脅している正体もすぐにわかる」

「ありがとうございます」

おさんは、ほっとした顔を見せると、あれからずっと見張られているのだと言った。

「今日来たのは他でもない。お前が言っていた茂吉が会っていたという男だが、その男が、南天を描いた薬籠をぶら下げていたというのは間違いないな」

「はい。そのことで、お伝えしたいことがあります」

「だれだかわかったのか」

「思い出したんです。お文さんところのお小夜ちゃんが懸想《けそう》している淡路屋の番頭です」

「何、与之助のことか」

「はい。まだ羽織には早い季節の頃に、腰にぶらさげていたような気がします。ただ……漆塗りは漆塗りだったのですが、絵柄が南天だったかどうか、はっきりしないのです」

「ふむ」

「今は羽織を着ていますから、確かめることも出来ません」

おさんはそう言うと、小間物屋の女房らしく、そういう高価な品は、なかなか手に入るものではないのだと、うんちくを述べた。

「なんとか確かめる術はないのでしょうか」

おさんは、大きな溜め息をつき、

「私、亭主の敵を討てるのなら、命だって惜しくありません」

おさんは決意の眼をみせる。苦境に落ち入ったとはいえ、おさんの気丈は救いであった。

五

「平さん、あの二人ですが、与之助の手の者でした。与之助に報告しているところまで、きちっと見届けて参りやした」

おさんを見張っていた男二人を追尾した辰吉が、一文字屋に帰ってきたのは、その日の夕刻七ツ半（午後五時）ごろだった。

丁度平七郎も小日向から引き上げてきたところだった。

お小夜はその少し前に、母親のお文に厳しく言い含められ、不承不承だが一文字屋にやってきていた。

「それともうひとつ」

辰吉は振り返って、戸口に待たせていた女を呼び入れた。

「平さん、この人はお京《きょう》さんといいますが、まあ、話を聞いて下さい」

辰吉は、お京に頷いた。

「そういうことでしたら、どうぞ、上にお上がり下さいませ」

おこうが奥から走り出て来て、長火鉢の前に座を勧めた。

お京は、上がり框で、きちっと草履《ぞうり》を揃えて上に上がると、改めて平七郎に、

「お京といいます。まさか、このような日がめぐって来るとは夢にも思いませんでした」

静かに言った。まだ二十も半ば、顔立ちの良い女だった。だが、心にある屈託が全体の表情を暗くしているのか生気がなかった。

「平さん、あっしが淡路屋から引き上げようとした時に、この人が淡路屋から追い出されるようにして出て来たのです。ずいぶん消沈した様子だったので、つい後を尾けました。そしたら、江戸川に飩染橋から身を投げようとしたんでさ、で、話を聞いてみたところ、そりゃあもう、びっくりする話で、今度の事件にも大いにかかわりがあると存じやして。それで来てもらったのです」

辰吉が口添えをした。

「順を追ってお話しします。私の父は、五年前まで桜木町で骨董《こっとう》品屋をやっておりました。ところが火事に遭いまして、多大な損害を受けました。商品が焼けただけでなく、火事場泥棒に遭い、仕入れのために箱の中に入れていたお金が無くなってしまったのです。まもなく、上方から荷物が届きましたが、もはや品物の代金を送ることができません。それまで、品物が届きますと、その月のうちに飛脚便で手形を送り、決済をしておりまし

た。困った父は与之助さんからお金を借りたのです。むろん、店の沽券を担保にです。ところが……」

高利は承知していたとはいえ、元金ばかりか利子の支払いもできなくなり、お京は与之助から、自分の女になれば父親の借金はなんとか融通をつけてやると言われた。

父はこの話を渋ったが、お京は受けた。

骨董屋の店は、父と亡くなった母が、苦労をして守ってきたものだった。その場所でお京も生れ、育ち、お京一家のすべてがつまっている店である。

よい風が吹いてくれれば、再建も可能な筈だと言い聞かせて、お京は与之助のなぐさみものになったのである。

ところが、家の借金は融通をつけてくれるどころか、厳しいとりたてに遭い、父親はお京のもとに、俺は与之助と刺し違える。お前も覚悟しておいてくれと言ってきた。

しかし、翌日になってみると、お京の父親は江戸川の岸に死体となってひっかかっていたのである。

すでに死んでから時間が経っていたらしく、皮膚の色もかわり、見るも無残な有様だった。

お京は父親のことを問いただそうとした。だが、

「余計なことを言うんじゃねえ」

与之助はお京が詰め寄るより先に、お京を脅してきたのである。

「誰かに父親と俺のことをしゃべったら、どうなるか、わかっているだろうな」

与之助のその言葉で、お京は震え上がった。

そればかりか父の葬儀が終るとすぐに、店は淡路屋のものとなったのである。

一方、お京は与之助に怯《おび》えながら、与之助のおもちゃになって来たのである。

「でも、昨年の秋口からでしょうか。お前と別れると言い出しまして……話を聞いてみると、いろはのお小夜さんという人と祝言を挙げるのだというんです。だから私、言ってやったんです。手切金をもらえないのなら、全部ばらしてやるって……こんなこともあろうかと、ある友達に何もかも記した紙を渡している。もしも私をおとっつぁんのように殺したら、その友人はすぐにそれを、お役所に届けることになってるんだって……そしたらね、ようやくお金をくれることになったんですが、それが十両だって……それで終りだって言われたんです」

お京は唇を噛んだ。

「私、与之助と別れるのが嫌なのではありません。そうではなくて、私たち親子を、こんな酷《ひど》い目にと思うと悔しくて、父が刺し違えたいと言った言葉を思い出します」

怒りはお京の胸を駆け巡っているようだった。

生気の無かった顔に、憎しみに燃える炎が揺らいでいるようだった。

「こちらの辰吉さんからもいろいろとお聞きしました。今度の事件で何かお役にたつのだったらと、旦那にお会いしたくて参りました」

お京は言った。

「お京」

平七郎は、改めてお京に聞いた。

「ひとつだけ教えてくれぬか。与之助だが、腰に薬籠をぶらさげていたか」

「はい」

お京はしっかりと頷いてみせた。

「どのような品か、それは覚えているか」

「私の店から取り上げていったものですから、よく覚えています」

「ふむ。南天の絵をあしらった漆塗りのやつか」

「そうです」

「よし」

平七郎は、深く頷いた。

す？」

おこうの顔にも確かなものを得たという緊張が見える。

「旦那、後はとっつかまえて証拠を握れば終りですが、あの男のことです。どうしま

「平七郎様」

辰吉が興奮した顔を向けた。

「承知……」

「辰吉、秀太を捜してきてくれ、俺に妙案がある」

辰吉は飛ぶようにして店を出た。

「おこうさん、平七郎様……」

奥から泣きだしそうな顔をしてお小夜が出てきた。

「お小夜ちゃん」

おこうが驚いて振り返ると、

「みんな奥でお聞きしました。わたし、わたし……」

お小夜はおこうの胸の中に飛び込んで来た。

白い月が、西古川町の堀端に繋いだ一艘の屋根船を照らしだしていた。

堀端の片側は田圃である。

空気はことのほか冷たく、辺りは静寂につつまれていた。

堀に揺れる船から漏れている明かりだけが、いまここに人の気配があることを告げていた。

その船に、ゆっくりと近づく男の姿が浮かび上がった。

男は船の手前でいったん大きく深呼吸すると、よしっというように拳《こぶし》をつくって気合いを入れた。

夜目にも緊張しているのが見える。

男は、羽織着流しの町人の装束《しょうぞく》だった。

男が静かに船に近づくと、誰もいないと思われた船のへりから、ひょいと起き上がって男を迎えた者がいる。

船頭だった。だがどうやら、船の中にいる者の手下のようだった。

やって来た男は言った。

「お小夜の兄だ。与之助さんは来ているかね」

その声は秀太であった。

一昨日のこと、秀太は平七郎から、お小夜の兄になりすまし、一芝居うって与之助が腰に下げている薬籠を確かめるようにと頼まれた。

秀太は二の足を踏んだが、平七郎は自分は与之助に顔が割れている、だからお前に頼むのだと言われ、渋々承知したのである。

着る物も日本橋の大丸屋《だいまる》から都合をつけてもらって、すっかり若旦那風である。髪もむろん町人髷《まげ》、そうまで形づくってみると、秀太はもともとが材木問屋の三男坊、板についたものである。

「相手の酒は飲むな。油断するな」

秀太は平七郎から、様々注意を受けて、ここにお小夜の兄として対決しにやって来たのであった。

「与之助さんは、先程からお待ちしておりやす。どうぞ」

船頭は屋根船の障子を開けた。

「お小夜の兄で大和屋吉兵衛といいます。与之助さんだね」

秀太は、ゆっくりと、与之助と向かい合って座った。

「吉兵衛さんとやら、俺はお小夜に兄がいるなぞ、聞いてはいないぞ」

にやりと笑って与之助は言った。下手な芝居は通用しないぞと言わんばかりの顔である。

「それは生憎《あいにく》だな、与之助さん……私は養子に出されたんですよ。小さい頃のことで、お小夜も知らなかったんです。日本橋にある諸国問屋の大和屋ですよ」

秀太は役者よろしく、低い声で言い、与之助の顔にぴたりと視線を当てたのである。

さすがの与之助も顔からすっと笑みを消した。

おっと、俺の芝居もまんざらじゃあないんだと、秀太は胸の中でほくそえんだ。

そうだとわかれば余裕である。殊更に神妙な顔で言った。

「他でもない、おふくろさんからお小夜のことを聞いたんだが、本気なのかね」

「もちろんです。二言はありません」

「ふむ。私もお小夜の兄として、縁戚につながる大和屋の主として、お小夜の縁談を側で黙ってみているわけにはいかない、それはわかるな」

「へい」

「一番肝心なのは、お小夜から聞いたお前さんの言動が、本物なのか嘘っぱちなのか、それを確かめねばならん」

鷹揚《おうよう》に与之助をねめ回した。

「むろんですよ。なんでも聞いて下されば答えます」

「では聞くが、あんたにはとかくの噂があるらしい」

「噂……」

「そうだ。人殺しの噂ですよ」

「何……」

突然、与之助の顔が変わった。

「殺したのはおさんという女の亭主で茂助、そうしてもう一人は、骨董屋の主、お京の父親……」

「……」

「どうだ、違うか」

「何をおっしゃるかと思ったら、そんな無責任な噂を信じるとは……商いをしていれば、大なり小なり人に恨まれることはあります。違いますか」

「ごまかすな。こっちには証拠がある、この懐にある。店の者に調べさせた証拠がな」

「何……」

与之助の額に血の筋が浮かび上った。秀太はたたみかけるように言った。

「違うと言うのなら、その腰にある薬籠をみせてもらおうか。南天の赤い実が実っているのではないかな」

「いったい……何を言いたい」

「茂助を呼び出し、殺害した証拠はその薬籠だ。お京の店からかすめとったものだ」

「誰だ。あんたは誰だ。お小夜の兄と名乗り、二人のことで話があると誘ってきたから、ここで待っていた。だが、もう許せねえ……いやあんたが、お小夜の兄ならなおさら、死んでもらう」

与之助は、いきなり懐に呑んでいた匕首を出した。

同時に船の外で控えていた船頭が、音を立てて障子戸を開けた。

船頭も、手に匕首を握っていた。

秀太は、突然船を飛び下りた。

「平さん、平さん」

薄闇に向かって叫んだ。

「誰だ」

続けて船の外に飛び出してきた与之助が、薄闇の中に眼を凝らした。

「お文の店で会ったではないか、忘れたか。定橋掛同心で立花という。与之助、まんまとひっかかったな」

平七郎は薄闇の中からずいと出た。

「くそっ」

与之助が地を蹴って飛びかかってきた。

「悪あがきはよせ」

平七郎はなんなくその匕首を手刀で払うと、与之助の襟首をつかんで、その腹を蹴り上げた。

「うっ」

蹲《うずくま》った与之助の頬に、思い切り鉄拳を打ちつけた。

蛇が地にうちつけられたように、与之助は呻《うめ》き声を上げて、そこに伸びた。

じろりと船頭に目を向けると、

「ああ、ああ……」

船頭は声にならない声を上げて、土手の上を走って行った。

「平さん、持ってましたよ」

秀太が、倒れている与之助の腰から薬籠を引き抜くと、平七郎の手に渡した。

艶のよい黒々とした光を放つ漆塗りの薬籠に、真っ赤な南天が、揺れているように見えた。

「秀太、よくやったな。これで一件落着だ」

「見直しましたか……とはいえ、震えてます」

秀太の歯はがちがち鳴っている。

がちがち鳴らしながら、秀太は笑って胸を張った。


「おこう、どうした。向こうに渡らないのか」

平七郎は、鹿朶橋に佇むおこうに、静かに近づいた。

茂助殺しを与之助が白状し、しかも淡路屋もかんでいたことから徳三郎も捕まって事件が落着した夕暮れだった。

平七郎が一刻ほど前に一文字屋に立ち寄ると、思い詰めたような顔をして、おこうが出かけて行ったというのである。

――鹿朶橋か……。

平七郎は、すぐにおこうの後を追った。

はたしておこうは、鹿朶橋の中程で、じっと南袂を見ていたのである。

おこうは、ふいに平七郎が現れて、びっくりしたようだった。

平七郎は、もう一度聞いた。

「いかないのか、いろはの店に」

「ええ、今日は向こうに渡らずに、ここからいろはの灯を見てみたいんです」

「おこう……」

平七郎はまじまじとおこうの顔を見た。

「平七郎様、お文さんからも、父の話を聞きました。お文さんは、父とのこと、私が心配するようなことは、何もなかったのだとおっしゃってくれました。私、それでわかったんです。お文さんがどれほど父のことを想っていてくれたのか……そして父も、どれほどお文さんを愛しいと想っていたかということが……」

「……」

「少しね、寂しかったけど、でもおとっつぁんも切なかったに違いないって……それで、おとっつぁんが渡って行ったこの時刻に、私、ここに立って、父の思いを受け止めてあげたいと……遅くなったけど、今更だけど、わかってあげたい、そう思って……」

「おこう……」

「私、父がお文さんから貰った色入りの和紙を持っています。薄青《うすあお》い色が紙面に炎のように伸びています。今朝その紙の裏に、小さな文字を見つけました。お文さんの字だと思います。女文字で『冬萌え』と書かれてありました」

「冬萌え……」

「ええ……私、それを見て涙が出ました。それでここに来たのです」

「そうか……」

薄闇に、平七郎の優しげな声がした。

「あっ」

おこうが小さい声を上げた。

橋の袂のいろはの店に、柔らかい灯がともった。

その灯の色が、おこうの瞳に燃えるように映っている。

おこうは、胸に両手をあわせて、じっと見詰めて佇んでいた。

解説――「見えない絆《きずな》」を描く橋物語

小柳《おなぎ》治宣《はるのぶ》（文芸評論家）

本書は、北町奉行所の定橋掛同心、立花平七郎《たちばなへいしちろう》を主人公とした連作時代小説、「橋廻り同心・平七郎シリーズ」の第五弾である。収録された四編のいずれもが、本文庫のための書下ろしであることは言うまでもない。

実は、ここで「言うまでもない」と書いたのには訳がある。藤原緋沙子は、二〇〇二年に『雁の宿』で作家デビューして以来、長編『花鳥』（二〇〇四年、廣済堂出版、のち学研M文庫）を除けば、一貫して連作四編を収めた「文庫書下ろし」というスタイルで創作活動を続けているからである。本書もその例外ではない。

異なったストーリー四つを、それぞれに工夫を凝《こ》らしながら矢継《やつ》ぎ早《ばや》に書下ろす――これは並の筆力ではない。デビュー以来の著者の活躍ぶりをみていると、まさに「矢継ぎ早」という形容がぴったりなほどの筆さばきなのである。それを裏付けるために、著者が目下取り組んでいる連作シリーズを挙げてみたい（シリーズ名の次に、主人公、書名、シリーズ第一巻目の刊行年を示す）。
①隅田川御用帳シリーズ（廣済堂文庫、二〇〇二年十二月）深川にある駆け込み寺『慶光寺』の門前で縁切り御用をつとめる『橋屋』の女主人・お登勢ならびに素浪人・塙十四郎（『雁の宿』から『風蘭』まで十巻）
②橋廻り同心・平七郎シリーズ（祥伝社文庫、二〇〇四年六月）立花平七郎（『恋椿』から『冬萌え』まで五巻）
③藍染袴お匙帖シリーズ（双葉文庫、二〇〇五年二月）藍染橋の袂に診療所を開いている女医者・桂千鶴（『風光る』『雁渡し』）
④見届け人秋月伊織事件帖シリーズ（講談社文庫、二〇〇五年七月）江戸の情報屋『だるま屋』の見届け人・秋月伊織（『遠花火』）
どうであろうか。今年に入って新たに二つのシリーズが加わり、現在四つのシリーズが並行して書かれているのだ。これまでの二年半（三十カ月）の間に十八冊、平均すると、ほぼ二カ月弱（正確には一・七カ月）に一冊の割合で書下ろしていることになる。

しかも、今も見たように、それぞれのシリーズは設定もキャラクターもまったく変えてあり、読者を飽きさせない新鮮な仕掛けが施《ほどこ》されてもいる。量の拡大が質の低下を招くという一般法則は、藤原作品には当てはまらない。書けば書くほど「面白さ」が増幅しているといっていい。それは、藤原緋沙子のもつ作家的資質の高さの現れでもあろう。

さて、捕物帳とくれば、そこに欠かせないのが奉行所である。江戸の町奉行所は南北二つあるが、与力各二十五人、同心各百二十人が勤務していた。ところが、これら町方同心のすべてが、捕物に従事していたわけではない。林美一『時代風俗考証事典』(河出書房新社)によると、捕物帳に関係のある同心は隠密廻り各二人、定町廻り各六人、臨時廻り各六人の計二十八人ということだ。

では、その他の同心は何をやっていたのだろう? 彼らも、江戸の庶民とどこかで関っていたはずである。

とはいえ、これまでにそうした「その他」の同心が活躍する時代小説や時代劇はまずなかった。同心といえば定町廻りだったのである。本シリーズの新鮮さ、著者の目の付け所の斬新さは、この「その他」のなかでも、さらにマイナーな同心に注目した点にあった。おそらく、かなりの時代小説通の読者でも、「定橋掛」という職種は聞いたことがなかったのではなかろうか。著者の創作だと思った方も少なからずいたはずだ。

私も手元にある資料を当たってみた。先程の『時代風俗考証事典』には載っていない。次に、江戸東京博物館館長竹内誠監修の『図説江戸』シリーズ第七巻『江戸の仕事づくし』(学研)の「与力・同心」の頁《ページ》をみると、本所見廻り、風烈廻り、高積廻りなどは出てくるが、橋廻りは出てこない。そこで最後の切り札、笹間良彦『江戸町奉行所事典』（柏書房）を開いてみると、「定橋掛与力」という項目があった。そこにはこう書かれている。

「江戸幕府で建設した橋梁の保存修繕の事を行なう掛りで、破損の有無を見回り、また故意に損傷する者を取締まった。与力一騎に同心二人で、同心は絶えず橋梁を見廻与力に報告した。」

本書でいえば、この同心二人にあたるのが、立花平七郎と平塚秀太《ひらつかしゅうた》であり、与力一騎が上役の大村虎之助《おおむらとらのすけ》ということになる。同じ同心でも定橋廻りを主人公にすると、こうも「捕物帳」の世界が違って見えてくるのか。また、橋を基点にすると、江戸がこうも違って見えてくるのか。藤原緋沙子の描く世界には常にこうした清新さが漂う。そこが魅力であり、読み所ともいえる。

本書では「橋」が人の運命に大きく関わってくる。橋の上での出会いと別れ、橋の向こう側とこちら側、橋を渡るか渡らないかで人生が変わる。そして、橋は人と人との「絆《きずな》」に通ずる。作者の描きたかったのも、そのあたりにあるのではないだろうか。橋（目に見える確固たる存在）を舞台にしながら、男女、夫婦、親子、兄弟・姉妹、師弟、友人等々の間に架かっている目に見えない絆という橋を描き切る。それは現代にも相通ずる「橋」

でもある。だからこそ、感銘が生まれるのである。

ところで、先頃出たばかりの女性作家捕物帳アンソロジー『撫子《なでしこ》が斬る』（光文社文庫、二〇〇五）に著者の「隅田川御用帳シリーズ」の一編「雨上がり」（『夏の霧』に所収）が収録されているが、選者の宮部みゆきがこんな寸評を寄せている。

「まずその設定に快哉《かいさい》。巧《うま》い！　と唸《うな》りたくなる着眼点です。史実や時代風俗を調べて、『あ、これを書きたい』という材料を発見したり、思いついたりしたときの心のときめきは、これはもうやったもんじゃないとわからないですよねと興奮しちゃう」

このコメントは本シリーズにもぴたりと当てはまる。さらに言えば、藤原作品の魅力の源泉は、語りの旨《うま》さにもある。派手なケレンで読者の注意を引くのではない。心の機微《きび》にまで神経を払った、しかも地に足の着いた人間のドラマで、読み手の心の奥を静かに刺激してくる。

もう一つは、江戸の描き方だ。江戸の季節感を味わっているうちに、いつの間にか物語の世界にどっぷりと漬《つ》かってしまっている自分に気付く。本書でもそれは、存分に味わえるはずである。

それでは簡単に四話それぞれのさわりの部分を紹介しておこう。

◇第一話「菊一輪」　女房を売ってまで忠義を尽くしてきたお人好しの男が、金が足りなくなってついに泥棒を決意する。ところが思わぬことから、お尋ね者の「いたちの儀蔵《ぎぞう》」の片割れと間違われ火盗賊改に捕縛されてしまう。いたちの儀蔵が自訴してこなければ、その男の助かる道はないのだが……。

◇第二話「白い朝」　質両替商の高田屋が殺害された。その現場を、高田屋に日頃可愛がられていた浅草紙売りの少年太一が目撃していた。ところが、太一はその直後から口がきけなくなってしまっていたのだ。いったい太一は何を見てしまったのか。橋の袂に捨てられていた野良犬クロとの再会が太一に心を開かせる唯一の手段だと知った平七郎だったが……。

◇第三話「風が哭《な》く」　凶悪犯の捕縛に協力してくれた娘、お咲に奉行所から褒美《ほうび》が出るというのに、娘はかたくなにそれを拒《こば》んだ。どうも、お咲には人に言えない過去があるらしい。それをネタに暦売りに脅されているという情報が平七郎のもとに届いた。お咲は暇《ひま》さえあれば橋の上に立っているというのだが、誰を待っているのであろうか。平七郎は、お咲を過去の呪縛から解き放つことができるのか……。

◇第四話「冬萌え」　世間では仏の徳三郎と呼ばれている両替商の淡路屋のもとへ、亭主を殺されたと叫びながら女が飛び込んできた。ちょうどその場に居合わせた平七郎にはそれが、まんざらでたらめとも思えなかった。事件は、読売屋のおこうの亡父の過去とも絡みながら意外な展開を見せ始める。「吾妻橋《あずま》」（隅田川）、「弁慶橋《べんけい》」（藍染川）、「蓬莱橋《ほうらい》」（三十間川）、「古川橋《ふるかわ》」「鹿朶橋《そだ》」（江戸川）――それぞれの橋の上で「絆」をめぐるどんなドラマが展開されるのか、後は読んでのお楽しみとしておきたい。

冬萌え

一〇〇字書評

切り取り線

購買動機（新聞、雑誌名を記入するか、あるいは○をつけてください）	
□（　　　　　　　　　　）の広告を見て	
□（　　　　　　　　　　）の書評を見て	
□ 知人のすすめで	□ タイトルに惹かれて
□ カバーがよかったから	□ 内容が面白そうだから
□ 好きな作家だから	□ 好きな分野の本だから

●最近、最も感銘を受けた作品名をお書きください

●あなたのお好きな作家名をお書きください

●その他、ご要望がありましたらお書きください

住所	〒				
氏名		職業		年齢	
Eメール	※携帯には配信できません		新刊情報等のメール配信を希望する・しない		

あなたにお願い

この本の感想を、編集部までお寄せいただけたらありがたく存じます。今後の企画の参考にさせていただきます。Eメールでも結構です。

いただいた「一〇〇字書評」は、新聞・雑誌等に紹介させていただくことがあります。その場合はお礼として特製図書カードを差し上げます。

前ページの原稿用紙に書評をお書きの上、切り取り、左記までお送り下さい。宛先の住所は不要です。

なお、ご記入いただいたお名前、ご住所等は、書評紹介の事前了解、謝礼のお届けのためだけに利用し、そのほかの目的のために利用することはありません。またそのデータを六カ月を超えて保管することもありませんので、ご安心ください。

〒一〇一―八七〇一
祥伝社文庫編集長　加藤　淳
☎〇三（三二六五）二〇八〇
bunko@shodensha.co.jp

祥伝社文庫

上質のエンターテインメントを！ 珠玉のエスプリを！

祥伝社文庫は創刊15周年を迎える2000年を機に、ここに新たな宣言をいたします。いつの世にも変わらない価値観、つまり「豊かな心」「深い知恵」「大きな楽しみ」に満ちた作品を厳選し、次代を拓く書下ろし作品を大胆に起用し、読者の皆様の心に響く文庫を目指します。どうぞご意見、ご希望を編集部までお寄せくださるよう、お願いいたします。

2000年1月1日　　祥伝社文庫編集部

冬萌え《ふゆもえ》　橋廻《はしまわ》り同心《どうしん》・平七郎控《へいしちろうひかえ》　時代小説

平成17年10月30日　初版第1刷発行
平成17年11月10日　　　　第2刷発行

著者　藤《ふじ》原《わら》緋《ひ》沙《さ》子《こ》
発行者　深澤健一
発行所　祥《しょう》伝《でん》社《しゃ》
東京都千代田区神田神保町3-6-5
九段尚学ビル　〒101-8701
☎03（3265）2081（販売部）
☎03（3265）2080（編集部）
☎03（3265）3622（業務部）
印刷所　萩原印刷
製本所　積信堂

ISBN4-396-33257-2 C0193

祥伝社のホームページ・http://www.shodensha.co.jp/

祥伝社文庫

藤原緋沙子　**恋椿　橋廻り同心・平七郎控**

橋上に芽生える愛、終わる命…橋廻り同心平七郎と瓦版屋女主人おこうの人情味溢れる江戸橋づくし物語。

藤原緋沙子　**火の華《はな》　橋廻り同心・平七郎控**

橋上に情けあり。生き別れ、死に別れ、そして出会い。情をもって剣をふるう、橋づくし物語第二弾。

藤原緋沙子　**雪舞い　橋廻り同心・平七郎控**

一度はあきらめた恋の再燃。逢えぬ娘を近くで見守る父。――橋上に交差する人生模様。橋づくし物語第三弾。

藤原緋沙子　**夕立《ゆだ》ち　橋廻り同心・平七郎控**

雨の中、橋に佇む女の姿。橋を預かる、北町奉行所橋廻り同心・平七郎の人情裁き。好評シリーズ第四弾。

佐伯泰英　**密命①見参！寒月霞《かすみ》斬り**

豊後相良《さがら》藩主の密命で、直心影流の達人金杉惣三郎《かなすぎそうざぶろう》は江戸へ。市井《しせい》を闊達《かったつ》に描く新剣豪小説登場！

佐伯泰英　**密命②弦月三十二人斬り**

豊後相良藩を襲った正室の乳母殺害事件。吉宗の将軍宣下を控えての一大事に、怒りの直心影流が吼《ほ》える！

祥伝社文庫

佐伯泰英
密命③残月無想斬り
武田信玄の亡霊か？　齢《よわい》百五十六歳の妖術剣士石動奇嶽《いするぎきがく》が将軍家を襲った。惣三郎の驚天動地の奇策とは！

佐伯泰英
刺客《しかく》　密命④斬月剣
大岡越前の密命を帯びた惣三郎は京へ現われる。将軍吉宗を呪う葵切り七剣士が襲いかかってきて…

佐伯泰英
火頭《かとう》　密命⑤紅蓮《ぐれん》剣
江戸の町を騒がす連続火付、焼け跡には〝火頭の歌右衛門〟の名が。大岡越前守に代わって金杉惣三郎立つ！

佐伯泰英
兇刃《きょうじん》　密命⑥一期一殺
旧藩主から救いを求める使者が。立ち上がった金杉惣三郎に襲いかかる影、謎の〝一期一殺剣〟とは？

佐伯泰英
秘剣雪割り　悪松《わるまつ》・棄郷編
新シリーズ発進！　父を殺された天涯孤独な若者が、決死の修行で会得した必殺の剣法とは!?

佐伯泰英
初陣《ういじん》　密命⑦霜夜炎返《そうやほむら》し
将軍吉宗が「享保剣術大試合」開催を命じた。諸国から集まる剣術家の中に、金杉惣三郎父子を狙う刺客が！

祥伝社文庫

佐伯泰英　秘剣瀑流《ばくりゅう》返し　悪松・対決「鎌鼬《かまいたち》」

一松を騙る非道の敵が現われた。さらには大藩薩摩も刺客を放った。追われる一松は新たな秘剣で敵に挑む

佐伯泰英　悲恋　密命⑧　尾張柳生剣

「享保剣術大試合」が新たなる遺恨を生んだ。娘の純情を踏みにじる悪辣な罠に、惣三郎の怒りの剣が爆裂。

佐伯泰英　秘剣乱舞　悪松・百人斬り

屈強な薩摩藩士百名。対するは大安寺一松ひとり。愛する者を救うため、愛甲派示現流の剣が吼える！

佐伯泰英　極意　密命⑨　御庭番斬殺

消えた御庭番を追う惣三郎に信抜流居合が迫り、武者修行中の清之助にも刺客が殺到。危うし、金杉父子！

佐伯泰英　遺恨《いこん》　密命⑩　影ノ剣

剣術界の長老・米津寛兵衛、立ち合いにて惨死！　茫然とする惣三郎、その家族、大岡忠相に姿なき殺気が！

佐伯泰英　残夢《ざんむ》　密命⑪　熊野秘法剣

吉宗公の下屋敷が襲われ、十数人の少女が殺された。唯一の生き残り、鶴女は何を目撃した？